KB102183

변혁
1990

26

천지무천 장편소설

FUSION FANTASTIC STORY

변혁 1990 26권

천지무천 장편 소설

초판 1쇄 찍은 날 § 2017년 5월 8일
초판 1쇄 펴낸 날 § 2017년 5월 15일

지은이 § 천지무천
펴낸이 § 서경석

편집책임 § 최지원

펴낸곳 § 도서출판 청어람
등록번호 § 제1081-1-89호
등록일자 § 1999. 5. 31
어람번호 § 제1-2688호

주소 § 경기도 부천시 부일로 483번길 40 서경B/D 3F (우) 14640
전화 § 032-656-4452 팩스 § 032-656-4453
http://www.chungeoram.com
E-mail § chungeorambook@daum.net

ISBN 979-11-04-91318-1 04810
ISBN 978-89-251-3388-1 (세트)

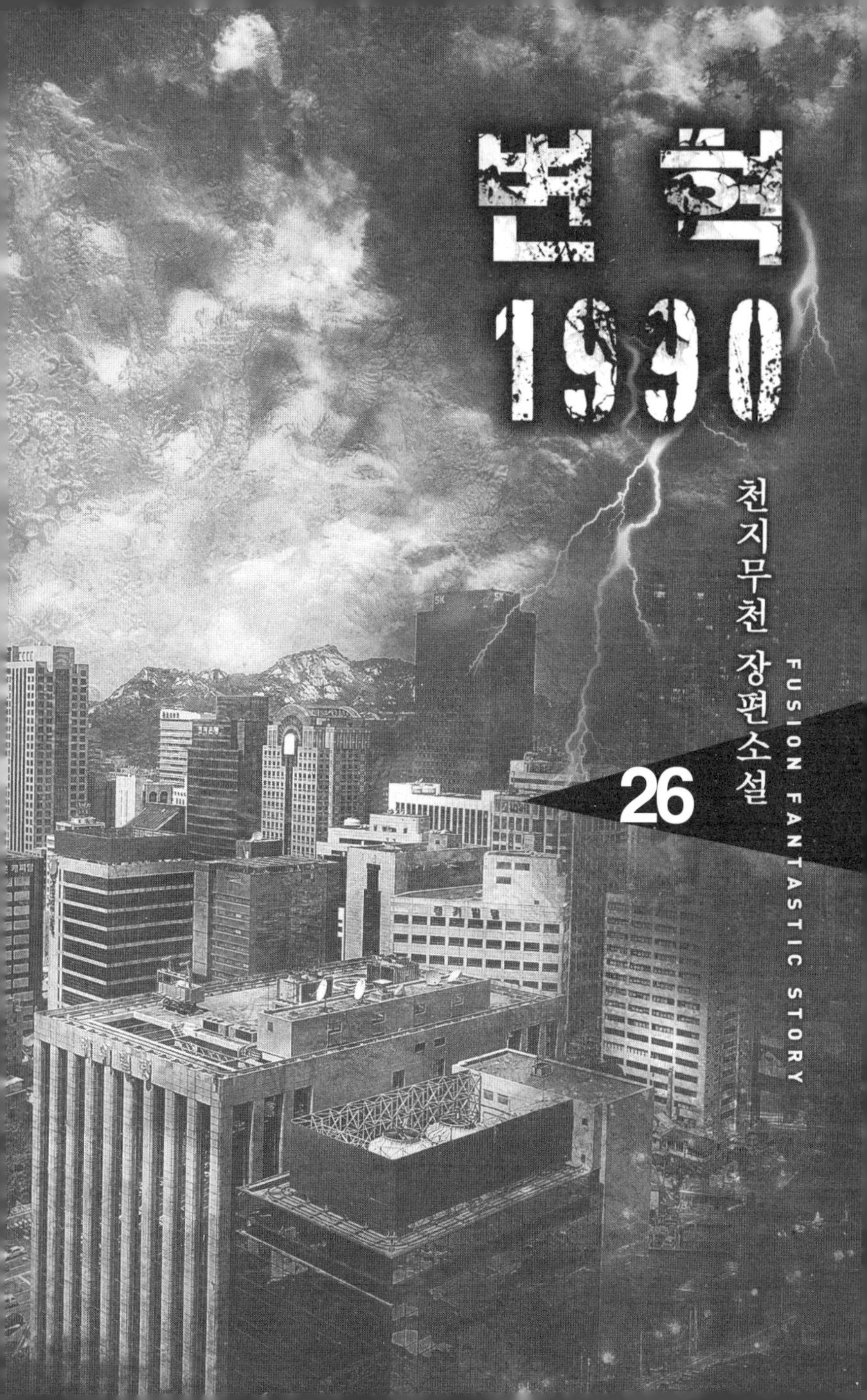
변혁
1990
천지무천 장편소설
26
FUSION FANTASTIC STORY

CONTENTS

Chapter 1

　일주일 뒤 모부투 대통령의 병세가 악화되자 병을 치료하기 위해서 일정보다 빨리 스위스로 향했다.

　모부투의 갑작스러운 건강 악화가 변수로 떠올랐다.

　그의 스위스행은 비밀스러운 작전처럼 새벽에 전격적으로 이루어졌고, 로랑 카빌라가 이끄는 자이르해방전선에서 알려지는 것을 원치 않았다.

　자이르공화국 내의 안정을 위해 측근인 치반다 참모총장에게 킨샤사와 북서부 일대를 맡겼고, 세력이 커진 카로의 미나쿠를 중부 지역의 보안군 사령관으로 새롭게 임명했다.

미나쿠를 보안군 사령관으로 임명하는 것은 내가 건의한 일이었다.

치반다 참모총장이 군부의 실세였지만 무능한 인물로서, 모부투 못지않게 비리로 얼룩져 있었다.

군부에서도 도를 지나친 그의 횡포에 반하는 인물이 적지 않았는데, 그중 하나인 뱀바 소장을 포섭해 두었다.

"모부투의 건강이 생각보다 좋지 않아 작전의 진행이 더 빨라질 것 같습니다."

"그런 언제쯤에 진행하실 생각이십니까?"

김만철이 나의 말에 궁금한 듯 물었다.

"12월에 실행하는 것으로 해야겠습니다."

"12월이면 이제 3개월밖에 남지 않았는데, 그게 가능하시겠습니까?"

"시간을 끌면 우리에게 유리한 상황으로 전개되기 힘들 것 같습니다. 자칫 모부투가 사망하면 내전이 더욱 악화되어 우리 힘으로는 감당할 수 없게 될 수도 있습니다. 모부투가 부정부패로 이 나라를 엉망으로 만들었지만, 그가 있음으로써 유지되는 것들이 있기도 하니까요."

독재자였지만 모부투가 있는 것과 없는 것은 큰 차이였다. 현재 맞춰진 평형의 추가 그의 부재로 인해 자칫 한쪽으로 쏠릴 수도 있었다.

"로랑 카빌라는 어떻게 하실 생각이십니까?"

이야기를 듣고 있던 티토브 정이 물었다.

"자이르해방전선의 우리 측 인사에게 힘을 실어주어야지요. 르완다애국전선이 그를 도와 로랑 카빌라를 제거하게끔 만들 것입니다. 때를 같이해 킨샤사에 있는 벰바 소장이 쿠데타를 일으키면 미나쿠가 킨샤사로 치고 올라갑니다."

르완다애국전선(RPF)이 르완다 정부군을 물리치고 정권을 잡았다.

"병력이 부족하지 않을까요?"

"벰바가 이끄는 자이르 정부군을 새롭게 무장시켜야지요. 치반다 참모총장은 정부군 내에서 신망을 잃었습니다. 군에 돌아가야 할 군수 물품들을 너무 해먹었으니까요. 오죽했으면 작은 모부투라고 불리겠습니까."

"벰바 소장은 믿을 만한가요?"

김만철의 물음에 정보팀의 쿠즈민이 나섰다.

"그건 제가 말씀드리겠습니다. 벰바 소장은 자이르 정부군 장교 중에서도 신망이 두터운 인물입니다. 반군과의 전투에서도 유일하게 승리를 이끌어낸 장교로 비리와는 무관한 인물이기도 합니다. 그가 바라는 것은 자이르 정부군이 강군으로 새롭게 태어나는 것입니다. 저희는 그걸 지원할 것이고……."

그동안 쿠즈민은 자이르공화국 정부관료들을 조사했고, 부정부패와 비리가 적거나 없는 인물들에게 접근했다.

새로운 자이르를 탄생시키기 위한 노력에 동참할 인물들을 찾은 것이다.

"현재 프랑스와 벨기에가 자이르는 물론, 르완다와 부룬디에 대한 차별적인 인종정책을 통해 내전과 분열을 이용해서 중부 아프리카의 영향력 확대를 지속하려는 움직임을 보이고 있습니다."

"여기에 주변 나라들의 독재자들까지 투치족과 후투족의 싸움을 이용하여 자신의 권력을 유지하고 영향력을 확대하려는 일에 몰두하고 있습니다. 자이르공화국을 비롯한 르완다와 부룬디가 그 혼란의 희생이 될 수 있습니다. 이 싸움은 얼마나 빨리 자이르공화국을 안정시키고, 르완다를 통해서 자이르해방전선을 격퇴하느냐에 달려 있습니다."

쿠즈민의 말을 이어받아 내가 추가로 설명했다.

"르완다가 우리 편이 되어주겠습니까?"

"르완다를 장악한 르완다애국전선(RPF)은 하루빨리 자국의 안정을 원하고 있습니다. 현재 모부투가 RPF와의 싸움에서 패한 르완다 정부군을 지원하고 있습니다. 이 지원을 중단하고 르완다를 떠나 국경도시인 코마에 머무는 후투족 난민들을 본국으로 돌려보내는 일에 협조한다면 가능성이 큽니다. 더구나 이렇다 할 자원이 없는 르완다 정부 또한 외부지원을 절실히 원하고 있습니다."

르완다는 내전으로 인해서 더욱더 경제가 엉망이 되었다. 투치족과 후투족의 싸움으로 1백만 명이 죽고, 2백만 명이 넘는 숫자가 난민으로 떠돌고 있었다.

"경제지원을 우리가 진행하는 것입니까?"

티토브 정이 궁금한 표정으로 물었다.

"모부투의 비자금을 통해서 르완다를 변화시킬 수 있습니다. 현재 모부투의 비자금을 소빈뱅크로 이전하는 작업을 진행하고 있으니까요."

50억 달러에 달하는 모부투의 비자금을 회수하는 작업이 비밀리에 진행 중이었다.

모부투는 코사크와 소빈뱅크와 신뢰가 쌓여 있는 상황에서 그의 건강까지 악화하자 비자금을 원활하게 관리할 방법을 소빈뱅크와 상의하고 있었다.

서방의 은행들은 점점 독재자의 자금세탁에 적극적으로 나서지 않고 있었다.

자식에게 권력과 부를 넘겨주기 위해서 모부투는 적극적으로 소빈뱅크의 말을 따르고 있었다.

"하하! 결국 모부투의 돈으로 자이르와 르완다를 돕는 것이네요."

김만철이 웃으면서 말했다.

"예, 맞습니다. 자이르공화국이 발전하려면 난민이 발생하고 있는 르완다와 브룬디를 도와야 합니다. 난민이 자이르로 유입되어 반군세력에 편입되거나, 무장세력으로 탈바꿈하는 문제 때문에 이 나라의 안정에 해를 끼치고 있습니다."

근본적인 원인을 바꾸어야만 했다.

미국과 프랑스를 비롯한 서방국가들도 나서서 중앙아프리카 국가들의 내전을 종식하기 위해 노력했지만, 적극적인 군사개입이나 경제지원을 하지는 못하고 있었다.

미국은 소말리아 내전에서 군사작전을 벌이다가 큰 실패를 당한 이후부터는 아프리카 나라에 지상군 투입을 망설였다.

한편으로 UN군이 파병되어 활동했지만, 무력 충돌에 대해서는 큰 힘을 발휘하지 못했다.

"그럼 지금 자이르에 주둔하고 있는 코사크의 병력도 늘려야겠습니다."

"타격대 위주로 병력을 늘릴 것입니다. 정규전은 카로의 보안군이 담당하고 타격대가 특수임무를 진행할 것입니다."

"예, 회장님의 말씀처럼 훈련을 마친 8팀과 9팀이 다음

달에 자이르에 도착합니다. 부상자가 많은 3팀은 5팀과 교체됩니다. 또한 수송헬기와 공격헬기를 추가로 투입할 예정입니다."

자이르공화국에 타격대 6개 팀이 투입되어 작전을 수행할 것이다.

또한 그에 걸맞은 지원팀과 정보팀이 투입될 예정이다.

이미 러시아에서 출발한 장비와 무기들이 킨샤사로 향하고 있었다.

*　　　*　　　*

그림 같은 캐나다의 머린 호수가 내려다보이는 산장에 도착한 제임스는 옷매무새를 바로잡았다.

산장의 입구에는 경호원으로 보이는 인물 일곱이 서성이고 있었다.

산장 주변으로는 30명이 넘는 경호원이 주변을 감시하고 있었다.

제임스가 입구로 향하자 경호원들은 아무런 제지 없이 문을 열어주었다.

산장의 안은 상당히 넓었고 벽마다 사슴과 여러 대형 고양이과 동물의 박제가 걸려 있었다.

산장의 안에도 다섯 명의 경호원이 있었다.

"위에서 기다리고 계십니다."

제임스가 긴장된 표정으로 산장의 위층으로 올라갔다.

아름드리나무로 만들어진 산장의 이 층은 커다란 통유리가 설치되어 아름다운 머린 호수를 전망할 수 있게 했다.

호수를 내려다볼 수 있는 최적의 위치에 자리 잡은 산장이었다.

"죄송합니다. 안동식과 외로운 늑대들이 실패했습니다."

제임스는 이 층에 서서 호수를 바라보고 있는 중년의 사내에게 고개를 숙이며 말했다.

시퍼런 호수처럼 깊은 파란색의 눈동자를 지닌 사내는 콧수염을 멋들어지게 기르고 있었다.

"놈은 항상 날 놀라게 하는군. 하지만 두 번의 실패를 어떻게 생각하나?"

사내의 말에 제임스의 눈동자가 흔들렸다. 제임스는 모로코에서도 표도르 강을 죽이는 데 실패했다.

"제가 직접 가서 끝내겠습니다. 실패하면 돌아오지 않겠습니다."

"후후! 돌아오지 않는 것이 너에게도 유리하지. 돌아오면 지옥이 기다리고 있으니까."

"놈과 함께 지옥으로 가겠습니다."

"한 번의 기회를 더 달라는 건가?"

"모든 걸 마스터의 뜻에 맡기겠습니다."

제임스는 긴장한 표정으로 고개를 숙였다.

마스터라 불린 사내는 제임스를 돌아보지도 않은 채 서서히 저녁노을에 물들어가는 머린 호수를 바라다보았다.

5분 정도 시간이 흐르자 말없이 머린 호수를 바라보던 마스터의 입이 떨어졌다.

"널 그냥 죽인다면 그동안 투자한 것이 아까운 건 사실이야. 좋아, 네놈의 말처럼 수단과 방법을 가리지 말고 놈을 지옥으로 데리고 가."

"허락해 주셔서 감사합니다. 제 손으로 마무리 짓겠습니다."

제임스는 숙였던 고개를 들며 말했다.

"피터를 올라오라고 해."

"예, 알겠습니다."

제임스는 마스터의 말이 떨어지자마자 1층으로 향했다. 언제 마스터의 마음이 바뀔지 모르기 때문이었다.

"부르셨습니까?"

피터는 할리우드 배우를 연상시키는 얼굴과 함께 다부진 체격을 가진 사내였다.

최고급 슈트를 입고 있는 금발의 피터는 정말 여자들이

반할 만한 멋진 사내였다.

"트로이아 목마를 앞당기도록 해."

"내년에 시작할 예정이지 않았습니까?"

피터는 생각지도 못했다는 표정이었다.

"표도르 강을 진짜 러시아의 차르로 등극시킬 수 없는 노릇이잖아. 데이비드 II세에게 태국을 양보하겠다고 전해. 놈이 없으면 트로이아 목마는 반쪽이 되니까."

"예, 마스터의 뜻을 전하겠습니다."

피터가 아래층으로 내려가자 마스터라 불린 사내는 다시금 머린 호수를 바라다보았다.

"러시아와 아시아의 경제를 조금 일찍 망가뜨리는 것도 나쁘지는 않겠지."

비릿한 웃음을 짓는 마스터의 눈은 무심할 뿐이었다.

*   *   *

우리는 우간다 엔테베국제공항을 거쳐 르완다의 키갈리 국제공항에 도착했다.

반군의 활동으로 인해 혹시나 항공기가 격추될 것을 염려하여 엔테베국제공항을 우회한 것이다.

아프리카는 종종 정적을 없애기 위해 항공기를 격추하거

나 폭발시켰다.

르완다 내전도 올해 4월 르완다의 하브자리마나 대통령과 부룬디 대통령이 비행기 요격 사고로 사망하면서 발생했다.

이로 인해 정부군과 RPF(투치족) 간의 전쟁이 다시금 시작되었고, 7월에 RPF(르완다애국전선)이 수도 키갈리와 르완다 전 지역을 장악했다.

"공항이 아담하네요?"

김만철은 키갈리공항을 둘러보며 말했다.

그의 말처럼 공항은 국제공항이라고는 하기에는 작았다. 지역공항처럼 작은 키갈리공항의 건물 외면에는 총탄 자국이 여기저기 보였다.

키갈리공항은 이용객보다 보안군이 더 많아 보일 정도였다.

"이곳도 확장이 필요하겠습니다."

키갈리공항은 공항보다는 버스터미널 같은 느낌이 들었다. 그도 그럴 것이 공항 공사가 진행 중이었다가 내전이 발생해 모든 것이 중단된 상태였다.

우리가 타고 온 50인용 제트기에는 대부분 경호원과 코사크 타격대가 함께했다.

현 르완다 정부에게 무장한 경호원의 입국과 사용할 차

량들의 반입을 허락했다.

경호 차량 또한 우간다를 통해서 들어왔다.

이미 연락을 받은 키갈리공항의 보안군과 공항경찰은 우리를 빠르게 통과시켰다.

하지만 그들은 무장한 경호원과 타격대의 모습에 긴장하는 모습이었다.

공항에는 우리를 안내할 캄반다 장관이 나와 있었는데, 그는 르완다 투자장관이었다.

"정말 환영합니다. 이렇게 르완다를 찾아주셔서 감사합니다."

"환영해 주셔서 감사드립니다."

"하하하! 당연히 환영해야지요. 이런 어려운 때에 룩오일 NY의 회장님께서 르완다를 찾아주셨는데요. 자, 이쪽으로 가시지요."

그의 말처럼 르완다 내전 이후 외국 기업과 외국인들은 앞다투어 르완다를 빠져나가기 바빴다.

캄반다의 안내를 받으며 우리는 공항을 빠져나왔다.

밖에는 우간다에 넘어온 경호 차량이 대기하고 있었다. 러시아에서 가져온 방탄 벤츠와 코사크 타격대가 사용하는 무장용 험비였다.

"언제나 경호가 철저하신 것 같습니다."

"예, 절 노리는 인물이 있어서 그렇습니다."

벤츠에 함께 올라탄 캄반다가 물었다.

"아, 그렇군요. 르완다에 머무시는 동안 최선을 다해 안전하게 모시겠습니다."

"하하! 고맙습니다. 르완다에서 좋은 비즈니스가 될 수 있도록 저 또한 노력하겠습니다."

차량에 모든 인원이 탑승하자 르완다의 경호 차량을 포함한 15대의 차들이 목적지를 향해 출발했다.

르완다의 수도 키갈리는 해발고도 1,540m 고원에 자리 잡고 있으며, 천 개 언덕의 도시라는 별명을 가지고 있었다.

이제 르완다에서 두 번째 단추를 채우기 위한 작업이 시작된 것이다.

첫날은 캄반다 외에는 일부러 아무도 만나지 않았다.

키갈리에 있는 세레나 호텔의 절반을 빌렸다. 수행원들과 경비를 맡은 코사크 타격대와 함께 머물기 위해서였다.

호텔로 들어서는 입구부터 건물 입구까지 코사크 타격대가 경비를 섰고, 호텔 내부는 경호원들이 맡았다.

세레나 호텔은 호텔 입구에서 90m 떨어진 곳에 건물이 있었다.

호텔로 들어서는 입구에는 르완다 경찰에서 특별히 선발

된 스무 명의 인원들이 함께 경비를 섰다.

호텔의 밖은 르완다 경찰이 안쪽은 코사크가 담당했다.

안동식과 외로운 늑대들이 날 노린 순간부터 르완다에서의 경호를 더욱 신경 쓰고 있었다.

"내전을 겪은 나라치고는 거리가 깨끗하네요."

호텔 밖에는 어스름한 어둠이 깔리고 있었다. 공항에서 호텔로 오는 길들은 김만철의 말처럼 깔끔하게 정돈되어 있었다.

지금도 르완다 국경 지역에서는 소소한 전투가 벌어지고 있었다.

"이곳 사람들은 다른 지역보다도 성실한 것 같습니다. 변변한 자원이 없는 것 때문이기도 하겠지만요."

르완다는 자원의 부국인 자이르공화국처럼 지하자원이 풍부하지 않았다.

부지런히 몸을 움직여야지만 먹고사는 문제를 해결할 수 있었다.

르완다의 대다수가 농업에 종사했고, 국토 대부분이 고원이라서 커피 농사와 차(茶) 농사에 적합했다.

"내전만 없었어도 그럭저럭 살 만했겠습니다."

"식민지 지배를 원활하게 하려고 두 부족을 이간질하게 만들고 불신을 심어놓지 않았다면요."

원래 후투족은 농사를 지었고, 투치족은 떠돌아다니며 소를 키웠다. 아프리카에서는 소가 큰 재산이었기 때문에 소를 가지고 있던 투치족이 더 부유했다.

그런 투치족을 벨기에가 나라를 다스리는 데 이용하기 시작하면서 투치족과 후투족의 갈등을 조장하게 만들었다.

벨기에는 소수족인 투치족에게만 교육의 기회를 주었고, 공무원으로 투치족을 채용했다.

원래 겉모습으로는 후투족과 투치족의 구별이 명확하지 않았는데, 신분증에 반드시 종족을 적도록 함으로써 두 종족이 명확하게 갈라지게 하였다. 차별 대우를 받은 후투족의 울분이 조금씩 쌓여가기 시작했고, 그것이 점점 커지고 커져 내전을 통한 학살로 이어지게 된 것이다.

"불행한 나라인 것 같습니다. 백만 명이나 죽었다는 게 말입니다."

김만철의 말처럼 내전이 일어난 석 달 동안 100만 명에 가까운 사람들이 살해되었고, 이 때문에 르완다 인구의 6분의 1이 감소했다.

현재 학살에 연관된 핵심인물 몇몇은 추적 중이고, 또 다른 몇몇은 재판을 받고 있었다.

"이 일을 타산지석으로 삼아야 합니다. 그러면 르완다도 변할 수 있습니다. 그래야만 가난과 질병을 벗어날 수 있으니까요."

르완다는 몹시 가난한 나라다.

말라리아 같은 질병으로 목숨을 잃는 어린이들과 코마의 난민촌에서 발생한 콜레라로 하루에 수천 명이 희생되고 있었다.

미국과 유럽 등 서구에서 최악의 콜레라 확산 방지 지원을 발표했지만, 지원은 빠르게 이루어지지 않고 있었다.

룩오일NY도 깨끗한 물을 공급할 수 있는 정수 장비를 지원하기로 했다.

"회장님은 이곳을 변화시킬 수 있을 것입니다. 전 믿고 있습니다."

김만철은 내가 하는 모든 일을 믿고 지지했다. 또한 그의 믿음에 보답하듯이 내가 말했던 것들을 이루어가고 있었다.

"하하하! 김 부장님의 말씀에 힘이 나는데요."

"하하! 힘이 나신다니 다행입니다. 저는 솔직히 지치실까 봐 많이 걱정되었습니다."

"이젠 지칠 수도 없는 사람이 되었습니다. 저를 믿고 따르는 식구들이 한두 명이 아니지 않습니까. 제가 지치면 그들의 삶이 예전으로 돌아갑니다."

아직도 경제적인 혼란에 처해 있는 러시아에서 룩오일

NY 산하의 기업들은 독보적인 성장세를 구가하고 있었다.

북한의 특별행정구와 남한의 닉스홀딩스에 속한 기업들도 미래를 선점해 가며 빠르게 성장했다.

그 중심에 내가 있었고 변화를 이끌고 있었다. 내가 지치거나 사라진다면 지금 같은 성장과 발전을 이룩할 수 없을 것이다.

다가오는 암울한 미래에 대한 대비도 말이다.

"어떨 때는 정말 회장님이 세계를 손에 넣으려고 하시는 것이 아닌가 하는 생각도 듭니다."

옆에서 이야기를 듣고 있던 티토브 정의 말이었다.

"하하하! 세계를 손에 넣을 생각은 없습니다. 지금도 너무 힘들거든요. 세계를 경영하게 되면 잠자리에 들 시간도 없을 것입니다."

하지만 나는 지금 대우의 김우중 회장이 외쳤던 세계 경영을 알게 모르게 실천하고 있었다.

미래의 먹거리를 위한 자원 전쟁에서 한발 앞서가는 것이 아닌, 열 발자국을 앞서가는 행보를 보였기 때문이다.

다음 날 대통령 궁을 방문하여 비지문구 대통령과 환담을 한 후에 곧장 국방청사를 방문해 르완다의 실권을 장악하고 있는 폴 카가메 부통령 겸 국방부 장관을 만났다.

그는 나중에 르완다를 이끄는 대통령이 된다.

"하하! 어서 오십시오. 대통령님과 좋은 이야기를 나누셨습니까?"

흰 이를 드러내며 웃는 폴 카가메는 마르고 키가 컸다. 미국의 레번워스 기지의 미 육군 참모대학에서 군사훈련을 받은 카가메는 영어를 할 수 있었다.

"예, 르완다의 발전을 위한 다양한 이야기를 나누었습니다."

"그렇습니까? 제가 듣기로는 자이르공화국에 상당한 투자를 진행하셨다고 들었습니다. 르완다에도 투자하실 생각이십니까?"

"물론입니다. 르완다는 발전 가능성이 큰 나라입니다."

"하하하! 그렇게 생각해 주시니 감사합니다. 한데 저희는 자이르공화국처럼 자원이 풍부한 나라가 아닙니다. 그 때문에도 외국의 투자가 활발하지 않습니다. 내전의 후유증으로 르완다에서 철수하는 기업들이 오히려 늘고 있습니다."

카가메는 아프리카에서도 가난한 나라에 들어가는 르완다의 현실을 잘 알고 있었다.

내전으로 인해 경제는 더욱 피폐해졌고 전체 인구의 3분의 1이 난민으로 떠돌고 있었다.

"현재 주어진 상황만 보면 그렇습니다. 하지만 지금의 상황을 변화시킬 방법이 있습니다."

"그게 무엇입니까?"

카가메는 내 말에 흥미를 보이며 물었다.

카가메는 르완다를 장악하고 실권을 손에 넣었지만 무엇을 먼저 해야 할지도 판단하기가 어려운 실정이었다.

"우선 자이르 국경에 머물고 있는 난민들이 고향으로 갈수 있게끔 해야 합니다. 그들은 배고픔과 질병 속에서도 죽음에 대한 공포 때문에 르완다로 돌아오지 못하고 있습니다."

"오해가 있으신 것 같습니다. 우리는 난민들이 고향으로 돌아가길 원하고 있습니다. 내전은 이미 끝났습니다."

"마음에 드리워진 죽음에 대한 공포는 쉽게 가시지 않습니다. 실질적으로도 르완다 정부군 중 일부가 후투족 난민을 적대하는 일들을 벌이고 있으니까요."

투치족과 후투족은 서로에 대한 적대감을 쉽게 풀지 못했다. 그것이 르완다를 더욱 어렵게 만드는 원인이었다.

"음, 통제를 하고 있지만, 지휘관들의 눈을 피해 개인들이 벌이는 일까지 파악하긴 힘이 듭니다."

카가메는 부정하지 않았다. 일부이긴 했지만, 투치족 정부군이 후투족 난민들을 공격하는 일이 있었다.

이 일로 난민들이 고향으로 돌아가는 일이 중단되었다. 아니, 난민들이 보복 학살에 대한 두려움으로 르완다로의 발걸음을 옮기지 않고 있었다.

"물론 그럴 수 있지만, 난민들이 느끼는 두려움과 불안을 불식시키기 위해서는 정부군에 대한 확실한 통제가 필요합니다. 명령을 어기거나 불법적인 일을 저지르는 군인들을 강하게 처벌하는 것도 방법이겠지요. 자이르와 르완다 국경이 안정되면 저희는 그곳에 대규모 투자를 단행할 것입니다. 두 나라 모두가 이익이 되는 방향으로 말입니다."

"얼마나 투자하실 생각이십니까? 투자하는 금액이 크다면 제가 직접 그곳에 가서라도 잘못된 것을 바로잡겠습니다."

카가메 국방부 장관은 내가 지적하는 문제를 못마땅하게 여기는 것 같았다.

그리고 투자를 앞세워 르완다에는 그다지 이익이 되지 않은 것을 요구한 외국 회사들도 많았다.

"10억 달러입니다."

"방금 뭐하고 하셨습니까?"

카가메는 두 눈이 커지면서 다시 물었다. 그는 많아야 몇천만 달러라고 생각했다.

몇천만 달러도 적은 돈은 아니었다. 유럽의 일부 국가와 미국이 르완다에 구호물자를 지원한다는 명목으로 1억 달러를 책정하겠다고 언론에서 이야기하고 있지만, 그것이 이루어지려면 내년쯤이나 되어야만 했다.

"10억 달러의 자금을 키부 호수 개발사업에 투자할 것입니다. 그러나 이 사업을 진행하려면 코마와 부카부를 장악하고 있는 자이르해방전선의 방해가 없어야만 가능합니다."

코마와 부카부를 비롯한 키부 호수 일대의 고원 지역이 콜탄이 묻혀 있는 주요 산지였다.

아직은 개발이 이루어지지 않고 있었고 콜탄의 가치도 알지 못하는 상태였다.

코마와 부카부를 손에 넣어야만 무분별하게 진행되었던 콜탄의 채취를 막을 수 있을 뿐만 아니라 콜탄의 국제가격을 떨어뜨리지 않을 수 있었다.

이미 북한의 콜탄 광산 2개를 닉스코어에서 확보했다. 북한도 콜탄의 값어치를 모르고 있었다.

콜탄의 생산지는 한정되어 있었고, 향후 콜탄이 사용되는 분야는 빠르게 늘어난다.

"음, 코마와 부카부라… 왜 하필 코마와 부카부인지 말해 주시겠습니까?"

카가메는 쉽게 넘어가지 않았다.

현재 르완다와 국경을 접하고 있는 자이르공화국의 코마와 부카부에 대한 영향력은 르완다가 더 컸다.

"우리 회사가 원하는 것이 그곳에 묻혀 있습니다. 그리고 자이르공화국 정부에서 두 도시와 키부 호수에 대한 개발권을 얻었습니다. 하지만 문제는 장관님께서 아시다시피 르완다에서 지원하는 자이르해방전선이 점령하고 있습니다."

"그건 모부투가 후투족 반군을 지원하고 있기 때문입니다."

카가메 국방부 장관은 모부투 대통령에 대해 상당히 적대적인 감정을 드러냈다.

"후투족 반군들의 지원을 중단하게끔 한다면 코마와 부카부를 점령하고 있는 자이르해방전선를 처리해 주시겠습니까?"

"하하하! 그건 있을 수 없는 일입니다. 모부투는 절대로 그런 일을 저지르지 않으니까요."

카가메의 말처럼 모부투는 후투족 반군들을 지원하면서 자이르해방전선과 르완다를 견제하고 있었다.

서로가 서로를 믿지 못하는 상황에서 지원을 중단하기가 쉽지 않았다.

이를 위해서 여러 번 협상이 벌어졌지만, 번번이 약속이 깨어졌다.

더구나 모부투 입장에서는 후투족 반군을 지원하여 르완다와 자이르해방전선을 공격하는 것이 정부군을 양성하는 것보다 더 싸게 먹혔다.

르완다 내부의 갈등은 자이르공화국을 이끄는 모부투에게 유리했다.

"있을 수 없는 일을 가능하게 만들려고 합니다. 서로가 원망하고 싸워서 얻는 것은 가난과 쇠락해 가는 경제뿐입니다. 자이르나 르완다도 이젠 변화를 이룰 시기가 도래했습니다. 서방국가에 원조나 바라면서 살아가는 나라를 후손들에게 물려주실 것입니까?"

카가메 국방부 장관은 곧바로 말을 하지 않았다. 무언가를 생각하는지 손을 들어 자신의 턱을 매만졌다.

"그럼, 그 가능성은 얼마나 된다고 생각하십니까?"

"장관님께서 동참해 주신다면 70%는 됩니다. 저는 자이르와 르완다 그리고 부룬디가 서로 협력하여 변화를 이끈다면 중부 아프리카에서 이 세 나라는 가난과 질병의 고통에서 벗어날 수 있다고 확신합니다."

자이르공화국의 가장 문제가 르완다와 부룬디였다. 두 나라 모두 고원지대에 자리 잡고 있으며, 지하자원이 풍부하지 않았다. 커피와 차의 수출이 유일한 경제 활력소였고, 외화수입의 80%를 차지하고 있었다.

국제가격 변동에 민감하게 반응하는 커피와 차이기에 르완다나 부룬디는 원하는 만큼 이익은 얻지 못하고 있었다.

더구나 내전으로 인한 난민 발생으로 커피 재배도 큰 타격을 받고 있었다.

"그렇다고 하더라도 10억 달러로는 모든 걸 해결할 수 없지 않습니까?"

"일차적인 투자금액일 뿐입니다. 단계적으로 30억 달러를 투자할 예정입니다. 그러는 동안 세 나라가 가장 잘할 수 있는 일을 만들어갈 것입니다. 자이르공화국의 풍부한 자원의 혜택을 르완다와 부룬디도 누릴 수 있도록 제가 돕겠습니다."

나의 말에 카가메의 눈빛이 바뀌었다.

"그럼 한 가지만 더 물어보겠습니다. 모부투를 어떻게 설득하실 것입니까?"

"설득하지 않습니다. 자이르공화국과 두 나라를 가장 잘 이해하고 아끼는 인물이 새롭게 대통령이 될 것입니다."

카가메 국방부 장관은 나의 말에 두 눈이 커질 대로 커졌다. 새로운 대통령으로 바뀐다는 것은 곧 쿠데타를 의미하는 것이었기 때문이다.

Chapter 2

카가메는 바로 답을 하지 않았다.

하지만 그의 눈빛은 달라져 있었고 흔들리는 것이 역력했다.

쉽게 결론을 내리기가 어려운 일일 것이다.

70%의 확률이라고 이야기했지만, 사실은 그보다 적은 확률이었다.

쿠데타는 그리 쉬운 일이 아니었다.

카로를 이끌고 있는 미나쿠는 자이르공화국에서 전국적인 지명도를 지닌 인물은 아니었다.

서서히 카로를 중심으로 명성을 알리기 시작한 인물이었다. 그렇기에 그가 정권을 잡은 후에도 반발하는 정부인사나 인물들이 나올 수 있었다.

자신의 부족만이 아닌 자이르공화국의 모든 국민들과 르완다, 그리고 부룬디까지 아우르는 공평한 대통령이 되어야만 했다.

그것은 쉬운 길이 아니었고 그에게 있어 험난한 가시밭길이 될 수 있었다.

"카가메가 참여할까요?"

양주잔을 든 김만철이 물었다.

"르완다를 손에 넣은 카가메도 돌파구를 찾고 싶어 하니까요. 이대로는 아무것도 할 수 없습니다. 이제껏 미국과 서방 세력에게 이용당한 현실에 눈을 뜰 때도 되었고요."

중앙아프리카의 국가들 중 대외 원조 없이 무언가를 스스로 할 수 있는 나라는 드물었다.

풍부한 자원을 가지고 있어도, 아름다운 자연환경 속에 살아가도 이 땅에서 나오는 것들을 값싸게 가져가려는 다국적기업들과 그 기업들이 속한 나라에 이용만 당하는 곳이 중앙아프리카였다.

"미나쿠가 잘해줄까요?"

"자신을 희생할 줄 아는 남자입니다. 모부투, 카빌라와는 전혀 다른 인물이니까요. 그마저 권력과 돈에 물든다면 이 땅은 희망이 없습니다. 내전과 수탈, 그리고 배고픔과 질병이 반복되는 곳이 되겠죠."

자이르공화국에 진출한 닉스코어와 룩오일NY는 상관없었다. 이미 광산개발과 자원개발권 획득으로 인해 충분한 이익을 보고 있었다.

시간이 지날수록 두 회사의 이익은 더욱 늘어날 것이기 때문이다.

"자이르와 국경을 접한 다른 나라들은 괜찮겠습니까?"

"르완다와 부룬디가 안정되면 자이르도 자연스럽게 안정이 됩니다. 물론 우간다와 앙골라가 문제가 될 수 있지만, 지금은 아닙니다. 올해 안에 자이르공화국을……."

그때였다.

드르릉! 드르릉!

테이블에 올려진 전화기가 울렸다.

"여보세요?"

—카가메입니다. 동참하겠습니다.

카가메는 생각보다 이른 시간에 결정을 내렸다. 르완다 내전이 발생했을 때 도움을 받았던 자이르해방전선과의 관계를 쉽게 버리기 힘들 것이라는 생각을 했다.

"감사합니다. 구체적인 이야기는 내일 나누시지요."

―알겠습니다. 그럼 내일 뵙겠습니다.

카가메는 반복되는 지금의 현실을 바꾸고 싶어 했다. 르완다를 위해 써야 할 자금을 자이르해방전선에 지원하는 것도 큰 부담이었다.

자이르해방전선을 지원하는 돈도 해마다 늘어났고, 올해 들어 로랑 카빌라는 더 많은 지원을 요구하고 있었다.

다음 날 카가메가 호텔로 직접 찾아왔다.

"회장님의 말씀을 듣고서 밤새 잠을 이루지 못했습니다. 이 일을 통해서 과연 르완다가 바뀔 수 있을까 하는 마음에서 말입니다. 미국과 프랑스도 그리고 UN도 우리를 돕겠다는 말을 했지만 결국 자신들의 이익이 없자 발을 뺐습니다."

"저 또한 자선사업가는 아닙니다. 이번 일을 통해서 이익을 만들어내야만 합니다. 대신 저는 이 땅에서 얻어지는 이익을 모두 가져가려는 유럽, 미국의 회사들과 같은 방법을 취하지는 않을 것입니다. 서로가 함께 발전할 수 있게끔 이 땅에 지속적으로 투자를 할 것입니다."

"이 나라에 어떤 투자를 하실 것입니까?"

"제일 먼저 교육과 의료가 우선되어야 합니다. 현재 자이르공화국 카로에서 제가 진행하고 있는 사업처럼 말입니다. 교육이 밑바탕이 되지 않는다면 이 땅에 살아가는 사람들 대다수는 빈곤과 가난에서 영원히 머물 수밖에 없습니다. 몇몇 사람들만이 혜택을 받는 교육과 행정은 벨기에 식민지 시절과 다르지 않으니까요."

르완다와 부룬디도 벨기에의 식민지였다.

"훌륭한 말씀입니다. 하지만 그 많은 학교를 설립할 예산이 있으십니까?"

"뭔가 오해를 하시는 것 같습니다. 저는 이 나라의 대통령이나 장관이 아닙니다. 모든 것을 저희가 해결해 줄 것이라는 생각을 버려야 합니다. 우리는 우선 부카부와 코마를 확보하면 그 지역부터 변화를 시도할 것입니다."

"그 지역은 자이르의 땅이 아닙니까? 거기다 르완다를 위한 일이 아니지 않습니까?"

나의 말에 카가메는 인상을 찡그리며 물었다.

"자이르공화국의 땅이라고는 하지만 그 지역을 차지하고 있는 곳은 르완다와 연관된 반군조직입니다. 또한 그 지역에는 100만 명에 달하는 르완다 난민들이 있습니다. 그들을 위하는 변화가 곧 르완다와도 연관되는 일입니다. 코마와 부카부 두 지역에 커피와 차를 거래하는 시장을 열어 상거래를 활성화시킬 것입니다. 또한 고릴라들의 서식지와 연관시킨 관광도시로 만들 계획도 갖고 있습니다. 이러한 일들은 자이르와 르완다 국민들에게 일자리를 제공하기 위한 일환입니다. 학교와 병원 설립은 물론이고……."

커피와 차는 자이르공화국에서도 생산되지만, 르완다와 부룬디에서 나온 것들이 맛이 더 좋았다.

더욱이 나는 난민들에게 일자리를 제공하여 정착할 수 있는 여건을 만들어주려는 계획을 하고 있었다.

난민들이 고향으로 돌아가더라도 아무것도 없는 상황에서는 배고픔과 가난에서 벗어날 수 없었다.

"그곳에서 우리에게 배우십시오. 배운 것을 실천할 수 있다면 르완다도 변화할 수 있습니다. 그 변화를 일으킬 수 있는 자본과 기술은 제가 제공할 테니까요. 다시 한번 말씀드리지만, 누군가가 해주길 바리기만 한다면 르완다는 절대 변화할 수 없습니다."

"음, 솔직히 저희가 생각하지 못한 것들입니다. 일자리를 제공하는 것이 르완다 국민들에게도 좋은 일일 것입니다."

카가메는 내말에 고개를 끄떡이며 말했다.

"르완다 국민들에게 물고기를 주어봤자 하루 이틀의 식량밖에는 안 됩니다. 물고기를 잡는 기술을 주어야지요. 그것이 룩오일NY와 닉스코어의 신념이기도 합니다."

"하하하! 이제야 머릿속이 시원해졌습니다. 사실 로랑 카빌라의 무리한 요구 때문에 골치가 아팠습니다. 모부투가 왜 회장님의 말에 귀를 기울였는지 알겠습니다. 혹시 저도 쫓아내려는 것은 아니시지요?"

질문을 던진 카가메 입가에는 웃음이 있었지만, 눈빛은 날카로웠다.

"그랬다면 이곳에 오지 않았을 것입니다. 솔직하게 말씀 드리면 모부투 대통령이 자리를 지키고 있는 것이 우리 회사로서는 더 큰 이익을 가져갈 수 있습니다. 눈앞에 큰 이익을 포기하고 위험에 뛰어든 어리석은 선택 때문에 저희 직원들이 고생하고 있습니다."

"하하하! 르완다를 위해서는 회장님께서 앞으로도 계속 어리석은 선택을 해주셔야겠습니다."

카가메의 눈빛이 달라졌다. 이제야 내 진심을 받아들인 것 같았다.

"하하하! 물론입니다. 저는 르완다를 위해서 계속해서 어리석은 선택을 할 것입니다."

"코마와 부카부를 회장님의 손에 맡기겠습니다. 멋진 곳으로 만들어주시기 바랍니다."

카가메는 말을 마치며 내게 손을 내밀었다.

"실망하게 해드리지 않겠습니다."

마주 잡은 그의 손은 거칠었다. 르완다 내전 중에 그는 직접 총을 들고 싸운 전사이기도 했다.

*　　　　*　　　　*

코마에서 가장 큰 건물에 자리 잡은 자이르해방전선의 지도부의 표정들이 다들 굳어 있었다.

"르완다에서 아직 소식이 없는 거야?"

로랑 카빌라는 답답했다. 큰 힘을 발휘하고 있는 하이에나 용병조직에게 지급해야 하는 자금이 부족한 상황이었다.

르완다의 지원금이 지정된 날짜에 도착하지 않았다.

"담당자가 자리를 비웠다는 말뿐입니다. 자금을 맡은 담당자가 돌아와야만 해결된다고 합니다."

"무슨 소리를 하는 거야? 언제 담당자를 통해서 돈을 받았다고 그래."

부관의 말에 카빌라의 얼굴이 더욱 일그러졌다. 부카부가 습격당한 이후로 자이르해방전선의 사기가 떨어진 상황이었다.

자신들의 세상이라고 여겼던 부카부에서 자금줄이 될 수 있었던 외로운 늑대들이 괴멸되었고, 방어부대마저 상당한 피해를 보았다.

천만다행인 점은 본부가 자리 잡고 있던 지역에서는 전투가 벌어지지 않았다는 것이다.

"왜 갑자기 이렇게 나오는지 전혀 모르겠습니다."

"카가메 장관은 연락이 안 되는 거야?"

"예, 부룬디를 방문 중이라 연락이 닿지 않고 있습니다."

실제로 카가메는 피에르 부요야 대통령을 만나기 위해 부룬디를 방문하고 있었다.

부룬디 또한 후투족과 투치족과의 대립 사태로 혼란스러운 상황이었고, 다른 아프리카 국가처럼 대립과 혼란, 쿠데타가 지속해서 일어났다.

"정말! 이런 식으로 나온다면 나도 가만있지 않아."

카빌라는 무척 신경질적인 반응을 보였다. 그도 그럴 것이 르완다 정부관리들이 하나같이 약속이나 한 것처럼 연락되지 않거나 핑계를 대며 자이르해방전선의 인물들을 피하는 모습이었다.

"코마와 부카부에서 세금을 더 거둬들이는 것이 어떻겠습니까?"

자이르해방전선은 보호비 명목으로 두 도시뿐만 아니라 점령지 지역의 주민들에게서 세금을 걷고 있었다.

"음, 반발이 생기지 않을까?"

"지금은 달리 방법이 없습니다. 부룬디에도 요청을 해봤지만, 자국 사정을 들먹이면서 거절했습니다."

"진작에 우간다를 끌어들였어야 했는데."

카빌라는 우간다의 미지근한 행동에 르완다와 손을 잡았다.

한편으로 우간다는 로랑 카빌라에게 너무 많은 요구를 해왔다.

"그래, 지금 당장은 어려워도 앞으로 내가 집권하면 달라질 거니까. 강제로 빼앗는 모습은 보이지 말고 나중에 갚겠다는 말을 해."

"예, 무슨 말씀인지 알겠습니다."

부관은 카빌라에게 인사를 한 후 밖으로 나갔다. 카빌라는 부관이 나가자 창밖으로 보이는 코마 시를 바라보았다.

추적추적 비가 내리는 코마는 평화로워 보였다. 하지만 자이르해방전선의 본부가 이동해 온 후부터는 모든 것이 달라지기 시작했다.

처음 로랑 카빌라가 약속했던 정부의 부정부패 척결과 억압에서 벗어나게 해주겠다는 말에 시민들은 환호했지만, 지금은 자이르 정부와 별반 다르지 않은 행동을 보여주고 있었다.

"이번 일만 잘 지나가면 자이르는 내 손에 들어온다."

그동안 자이르해방전선을 이끌어오면서 로랑 카빌라는 많은 일을 겪었다.

지금처럼 자이르공화국을 손에 넣을 기회가 온 것은 처음이었다. 모부투가 자이르를 떠났다는 소식이 전해져 온 지금이 최고의 기회였다.

*　　　*　　　*

르완다를 방문하고 나서 나는 다시 카로로 돌아왔다. 부룬디를 방문할 계획이었지만 나 대신 카가메가 직접 피에르 부요야 대통령을 만나기로 한 것이다.

"카가메가 이렇게 적극적으로 나올 줄 몰랐습니다."

현지 코사크 정보팀을 이끄는 쿠즈민의 말이었다.

"나도 예상 밖의 일이었으니까. 생각했던 것보다 카가메는 현실을 잘 파악하고 있었던 거지."

"부룬디까지 합세하면 북부지역의 탈환은 어렵지 않을 것 같습니다."

"코마와 부카부는 반드시 손에 넣어야 해. 그곳을 얻지 못하면 자이르에서 일은 반쪽의 성공으로 끝나고 마니까."

콜탄을 생산하는 지역을 손에 넣지 못하면 자이르공화국을 비롯한 르완다와 부룬디까지 전쟁과 내전은 역사대로 끝없이 반복된다.

앞으로 폭등하게 되는 콜탄 가격 때문에 반군의 전쟁 자금이 넉넉하게 되어 내전이 끝이 나지 않게 되는 것이다.

더구나 엄한 감시하에 휴일도 없이 목숨을 걸고 콜탄 채굴에 나서는 광부들은 굴속에서 지반이 무너져 목숨을 잃는 경우도 허다하게 벌어졌다.

그런 콜탄 채굴에 안전장비도 없이 어린아이들도 내몰렸다.

주민들을 죽음의 노역으로 내몰고 있는 것뿐만 아니라 지구상에 남아 있는 고릴라의 마지막 서식지로 알려진 카후지 비에가 국립공원이 파괴되어 간다.

불법으로 채굴된 콜탄으로 돈을 버는 것은 콜탄을 중개하는 중개상들과 서방의 IT 다국적기업들이었다.

코마와 부카부 지역을 장악하고, 르완다와 부룬디가 참여하는 삼각동맹을 결성한다면 내전은 종식되고 중앙아프리카에 새로운 역사를 쓸 수 있었다.

또한 러시아에 이어서 에너지자원 확보의 또 다른 축이 자이르공화국에서 완성되는 것이다.

카로에 개설된 시장에는 점점 더 사람들이 몰려들었다. 자이르공화국 전역에서 물건을 사고팔기 위해 몰려드는 것이다.

카로에 사람들이 몰리는 이유 중 하나는 닉스종합병원 때문이기도 했다.

수도인 킨샤사에 있는 병원보다도 치료를 더 잘한다는 소문이 퍼진 것이다.

닉스병원의 입원실은 이미 환자로 가득 찼고, 대기자는 임시 병실로 꾸며진 곳에 대기하고 있었다.

의사들은 몰려드는 환자들로 인해서 눈코 뜰 새 없이 바쁘게 지냈다.

다행스러운 것은 국경 없는 의사회 소속 의사와 간호사가 자이르공화국에 파견됐고 이곳 닉스병원에 자리를 잡았다는 것이다.

5명의 의사와 8명의 간호사로 구성된 팀은 벨기에, 스위스, 일본 등의 국적을 지녔다.

이들로 인해서 닉스병원의 의사와 간호사들이 조금은 쉴 수 있었다.

카로에는 자이르공화국의 다른 지역에서 구할 수 없는 제품들과 생활용품들이 공급되었다.

한국과 러시아는 물론 유럽에서 들여온 물품들을 카로에 우선 공급한 결과이기도 했다.

도시락의 라면은 물론이고 닉스에서 생산된 운동화와 그보다 값싼 운동화와 옷들도 들여왔다.

그 모든 것을 닉스코어에서 진행했고 화물선 한 척을 추가로 더 운영했다.

킨샤사와 연결하는 철도 공사가 시작되자 카로에 거주하는 인물들은 물론이고 카로로 몰려든 인원들에게 일자리가 주어지기 시작했다.

카로의 금광과 다이아몬드 광산은 일부러 제한적인 인원

으로만 채굴을 진행했다.

본격적인 채굴은 자이르공화국이 안정되고 미나쿠가 정권을 잡고 나서 시작할 것이다.

"자이르공화국 철도사업부에서 카로를 콜웨지까지 연결하는 것이 어떻겠냐는 의사를 타진해 왔습니다."

닉스코어 이상운 부장의 보고였다. 현재 닉스코어는 자이르공화국에 12명의 인원을 파견하고, 킨샤사와 카라에 사무실을 두고 있었다.

현지 직원들도 25명이나 고용되어 일을 하고 있었다.

콜웨지는 구리의 산지였다.

"콜웨지를 연결하면 유럽과 미국으로의 수송이 더 수월해지겠지요. 그렇게 하겠다고 하시고, 대신 콜웨지에 있는 자이르 정부 소유의 광산들에 대한 권리를 얻는 협상을 하십시오."

닉스코어가 운영권을 넘겨받은 마타디항구는 유럽과 미국이 가깝다.

콜웨지의 구리광산에서 생산된 구리 광석들은 대다수가 잠비아의 정련소로 보내졌고, 거기서 다시 남아프리카공화국으로 향했다.

"예, 진행하겠습니다."

"내년이 되기 전에 최대한으로 탐사권과 광산개발권을

확보해 놓으십시오. 남보 에너지장관에게 말을 해놓을 테니까."

나는 미나쿠에게 부담을 주고 싶지 않았다. 그를 앞세워 새로운 정부를 탄생시켰을 때에 이권을 위해서 미나쿠를 도왔다는 말이 나올 수 있었다.

그래서 모부투 대통령이 자리에 있을 때 최대한으로 닉스코어의 이권을 챙겨야만 했다.

자이르의 미래를 위해 모부투가 모든 문제의 원흉이 되어야만 하는 것이다.

"예, 곧바로 담당자와 만나겠습니다."

이상운 부장이 사무실을 나가자 나는 새롭게 종합판매장과 극장이 들어서는 공사현장을 찾았다.

식료품과 생활용품은 물론 약국까지 들어서는 종합 마트였다.

한국에도 아직 마트의 개념이 들어서지 않은 시점이니, 자이르에서 처음 시도하는 것이다.

이를 위해 도시락에서 한국은 물론이고 미국과 유럽의 값싼 식료품에 대한 공급계약을 체결했다.

대규모의 철도공사와 도로공사가 시작되자 일자리가 넘쳐나고, 시장이 더욱 확대되고 활성화되자 주민들의 소득이 늘어나기 시작했다.

그러자 자연스럽게 소비가 늘어나고 상점들과 식당들의 매출도 올라갔다.

더욱이 코사크와 현지 직원들의 씀씀이도 만만치 않아 지역경제에 큰 도움이 되었다.

"12월이면 완공할 수 있습니다. 기존의 판매장보다 3배 정도 넓은 크기라서 기존 도시락마트의 혼잡함이 줄어들 것입니다."

판매장의 설립을 책임지고 있는 도시락 최종문 차장의 말이었다.

도시락은 라면 생산과 함께 종합판매장을 관리하는 회사가 별로도 설립되었다.

러시아에서는 이런 도시락판매장이 28개가 설립되었고, 이름도 도시락마트로 새롭게 바뀌었다.

"카로의 인구가 벌써 13만 명을 넘어섰습니다. 앞으로도 계속해서 늘어날 것을 염두에 두고서 도시락마트 부지를 더 확보하도록 하십시오."

"예, 저도 이렇게나 빨리 카로의 인구가 늘어날 줄은 몰랐습니다. 요새는 외국 관광객들도 많이 눈에 띄고 있습니다."

카로는 가람바국립공원과 멀지 않은 곳에 위치해 있었다.

이곳은 광대한 사바나와 함께 초원과 삼림이 강둑과 저지대 늪을 따라 펼쳐진다. 이곳에는 대형 포유동물인 숲 코끼

리, 기린, 하마와 멸종 위기의 희귀동물인 흰 코뿔소가 살고
있다.

이곳을 찾는 관광객들이 카로를 찾고 있었다.

"앞으로 더 많은 관광객이 카로를 찾을 것입니다. 이곳에
서 살아가는 사람들이 먹고사는 문제가 해결되면 동물들도
밀렵에 대한 걱정 없이 안전하게 살 수 있습니다. 카로는
세계적인 관광도시가 될 수 있는 충분한 조건을 가지고 있
습니다."

카로의 북쪽에 위치한 밀림에도 난쟁이 침팬지, 자이레
공작, 숲 코끼리, 아프리카 슬렌더 스나우티드(slender-
snouted 가짜 악어)를 비롯한 많은 멸종 위기종들이 서식하
고 있다.

자이르 중앙에 있는 카로는 내전의 영향을 받지 않았기
때문에 동물들의 피해도 거의 없었다.

"저도 처음에는 아무것도 없는 이곳이 어떻게 변할 수 있
을까 했는데, 정말이지 이렇게까지 짧은 시간에 발전할 수
있다는 것에 너무나 놀라웠습니다."

최종문 차장의 말처럼 카로는 기적을 만들어내고 있었
다. 룩오일NY와 닉스홀딩스 산하 회사들의 집중적인 투자
도 주요했지만, 카로를 이끄는 미나쿠의 헌신적이고 솔선
수범하는 모습이 지역 주민들을 하나로 묶어 모든 일에 최

선을 다하게 했다.

현재 닉스호텔에서도 카로에 호텔을 짓기 위한 타당성 조사를 하고 있었다.

"카로의 놀라운 변화가 자이르공화국의 변화시킬 수 있는 원동력이 될 것입니다. 카로가 할 수 있으면 자이르의 다른 지역들도 할 수 있습니다. 이러한 자신감을 자이르의 국민들에게 전파해야 합니다. 그래야 우리가 이곳에서 더욱 오랫동안 사업과 기업을 유지해 나갈 수 있습니다."

최종문은 내 말을 열심히 경청했다. 이곳이 아니면 닉스 홀딩스의 회장인 나의 말을 직접 들을 수 없기 때문이다.

현지에 파견된 직원들 모두가 나에게 확실한 눈도장을 찍기 위해서 열심히 일했다.

"명심하겠습니다. 저희끼리 이야기지만, 회장님이 가시는 곳과 머무시는 장소마다 놀라운 변화와 발전을 이끌어 내시는 능력을 보면서 대통령이 되신다면 대한민국이 정말 변할 것 같다는 말들을 합니다."

"하하하! 저는 현재에 만족합니다. 더 큰 욕심은 화를 불러오기도 하니까요."

최종문이 말한 최고통수권자인 대통령에 대한 생각을 한 번쯤은 해본 적이 있었다.

하지만 그 자리가 주는 중압감이 너무 크게 느껴졌고 현실도 그랬다.

어쩌면 세계로 뻗어나가고 있는 지금의 사업들로 인해서 대통령을 넘어서는 영향력을 가질 수도 있었다.

*   *   *

대산에너지의 이중호는 러시아에서 전해진 소식에 기쁨을 감추지 못했다. 제2 탐사지역에서 원유가 발견되었다는 소식이었다.

무척이나 기다리던 소식이었고, 돈 먹는 하마라는 별명이 생긴 대산에너지의 위치가 단번에 바뀔 수 있는 일이었다.

"하하하! 내가 뭐하고 그랬어. 분명히 원유가 나온다고 했잖아."

기분 좋은 웃음을 토해내는 이중호의 어깨는 한껏 부풀어 올랐다.

"하하하! 축하드립니다, 부장님."

러시아에서 보내온 팩스를 가져온 박건호 과장이 능글맞게 웃으며 말했다.

"하하하! 수고했어. 이제부터 대산에너지는 그룹의 중추가 될 거야. 대표실에 갈 테니까 제2 탐사지역의 예상 원유

매장량을 추측했던 보고서 좀 챙겨와."

이중호는 말에는 자신감이 넘쳐났다.

"그건 정확한 수치가 아니라고 해서 배제된 보고서가 아닙니까? 원유매장량을 너무 많이 잡은 것도 문제였고."

원유가 발견된 제2 탐사지역은 아직은 경제성이 검증되지 않은 상황이었다.

더구나 실질적인 매장량과 원유 가격 대비 채굴 원가도 확인되지 않았다.

팩스로 보내온 서류에는 원유 발견이라는 내용과 한 달 뒤에야 정확한 매장량을 알 수 있다고 적혀 있었다.

유정을 뚫는 기간도 20일이 넘게 걸렸다.

"원유가 나왔으면 됐어. 수치는 언제나 변하는 법이잖아. 대산에너지를 확실히 어필할 수 있는 기회야. 이 기회를 통해 예비 자금을 확보해야지."

제3과 제4 탐사지역도 조사를 계획하고 있었다.

이중호는 단계적인 탐사보다는 제3 탐사구역과 제4 탐사구역을 한꺼번에 진행하는 집중적인 탐사를 시도하고자 했다.

그러다 보니 상당한 자금이 소요되고 있었다.

이중호는 정확한 매장량보다는 원유가 나왔다는 데 의미를 더 두었다.

유정을 뚫는 비용을 제외하고 땅속에서 석유를 끌어 올리는 비용만 따져도 최소한 배럴당 15달러 이하가 되어야만 했다.

현재 원유가격은 배럴당 18달러였다.

"정확한 매장량을 확인하고 나서 보고하는 것이 좋지 않을까요?"

"그렇게 되면 그룹의 예비비가 대산유통으로 넘어가게 돼. 앞으로의 채굴비용도 확보해야 하잖아. 난 하루라도 빨리 러시아의 원유를 한국으로 가져와 팔고 싶은 거야."

이중호는 자신의 아버지인 이대수 회장에게 인정받고 싶었다.

평범한 가정에서 태어난 강태수가 이 땅의 귀족인 자신과 비교되는 것도 정말 싫었다.

한편, 중국에 진출한 대산유통은 계획했던 것보다 점포 규모를 더욱 키우기로 했다. 이 때문에 들어가는 자금이 더 커졌고, 그룹 내에 가지고 있는 유보금을 사용하려고 했다.

"무슨 말씀인지 알겠습니다."

박건호 과장은 고개를 숙인 채 부장실을 나갔다.

"하하하! 자네가 해낼 줄 알았어. 회장님이 정말 기뻐하실 거야."

이중호에게 보고를 받은 대산에너지 대표인 김장우의 입에서도 큰 웃음소리가 터져 나왔다.

"김 대표님께서 적극적으로 밀어주신 덕분입니다."

"무슨 말이야. 다 자네 능력이지. 회장님께 바로 보고를 드려야지."

"그것보다는 내일 사장단 회의 때 보고드리는 것이 더 좋을 것 같습니다."

"하하하! 그래 그게 더 좋겠어. 이 부장의 능력을 확실히 보여주는 계기가 되겠네. 내년쯤 생각했는데, 잘하면 올해 이사 자리에 오를 것 같은데?"

"아닙니다. 아직은 능력이 부족합니다. 그리고 순리대로 가야 저에 대한 반대가 줄어들게 됩니다."

"하긴 이번 대산유통 건을 김덕현 부회장이 적극적으로 밀고 있으니까 말이야. 자네가 알아서 잘하겠지. 한데 매장량은 어느 정도야?"

"정확한 매장량은 시추를 위해 유정을 뚫어봐야 알 것 같습니다. 지금 준비작업을 하고 있습니다. 지표지질조사와 물리탐사에서는 충분한 매장량을 확인했습니다. 지금까지 들어간 비용은 문제 될 것이 없습니다."

"하하하! 자네가 큰일을 해낸 거야."

김장우는 이중호의 말에 만족스러운 웃음을 지었다. 이

번 원유 발견은 그 또한 이대수 회장에게 인정을 받는 일이었다.

"그리고 이번 사장단 회의 때 앞으로 진행할 탐사비용을……."

이중호는 앞으로 진행할 비용에 대한 이야기를 김장우 대표에게 말했다.

이중호는 절대로 이덕현 부회장의 뜻대로 대산그룹이 흘러가지 않게 만들 생각이었다.

다음 날 신문과 TV 방송에서는 대산에너지의 원유 발견에 대해 대대적으로 보도했다.

대산에너지는 제2 탐사지역 3광구에서 7~10억 배럴 이상의 규모로, 상업적 매장량을 확보하기 위해 신규로 2개의 시추공을 시추할 계획이라고 발표했다.

지금까지 국내 기업이 진행했던 원유탐사 중에서 가장 큰 규모의 원유 발견이었다.

Chapter 3

　모스크바에서 도착하자마자 룩오일NY에서 보고를 받았
다. 대산에너지가 탐사를 진행하고 있는 지역에서 원유가
발견되었다는 보고였다.

　닉스홀딩스에서도 대산에너지의 원유 발견 소식이 담긴
한국의 신문들과 잡지를 보내왔다.

　문제는 룩오일NY 보고서에 나온 추정 매장량과 한국의
언론에서 나온 원유 매장량이 달랐다.

　신문은 대산에너지에서 발표한 내용을 그대로 담고 있었
다.

"이거 5억 배럴이나 차이가 나는데요."

김만철이 신문을 내려놓으며 말했다. 그의 말처럼 룩오일NY의 보고서에는 최대 5억 배럴의 원유가 발견되었다고 적혀 있었지만, 신문에는 10억 배럴 이상의 규모라고 나와 있었다.

"무슨 이유에서인지는 모르겠지만, 수치를 부풀린 것 같습니다."

"이거 사기를 치려는 것 아닌지 모르겠습니다."

"후후! 사기인지 아닌지는 두고 보면 알겠죠. 우선은 발견된 유전이 경제적 가치가 있느냐가 문제입니다. 국제원유 가격이 작년보다 오르기는 했지만 아직은 충분하지가 않습니다. 원유가 나왔으니 대산에너지에서도 이젠 포기하지 못할 것입니다."

경제성이 확인되지 않은 5억 배럴은 애매한 매장량이었다. 시추를 해야만 정확한 매장량이 알 수 있었다.

문제는 원유가 나온 지역이 원유를 이송하기가 쉽지 않은 지역이라는 것이다.

"회장님 말씀처럼 우리 쪽 전문가들은 경제성이 떨어진다는 의견이 대다수였습니다. 저희가 대산에너지에 탐사권을 판 이유도 유전 발견이 문제가 아니라 경제성에 무게를 두었기 때문입니다. 대산에너지가 발견한 제2 탐사지역의 원유는……."

루슬린 비서실장의 말처럼 유전의 발견도 중요했지만 가장 중요한 것은 투자비를 회수할 만한 경제성 있는 큰 유전이 될 수 있느냐다.

더구나 대산에너지가 발견한 제2 탐사지역 3광구에서 발견된 유전은 하나의 큰 유전이 아닌 여러 개로 나뉜 소규모 유전들이었다.

이렇게 되면 유정을 뚫는 시추비용이 추가로 들게 되며 원유를 지상으로 끌어 올리는 비용도 늘어나게 된다.

또한 원유에 물을 비롯한 기타 부산물이 섞이지 않는 양질의 경질 원유이어야만 경제성이 높았다.

"이런 이유로 원유 생산에 들어가도 초기투자 비용이 크게 증가할 것입니다."

루슬린의 보고처럼 대산에너지의 이번 원유 발견은 계륵이 될 수 있었다.

이미 대산에너지는 상당한 자금을 탐사비용에 쏟아부었다.

"너무 많은 자금을 한꺼번에 투자하는 것도 문제야. 대산에너지에서 돈은 입금되었나?"

대산에너지는 탐사광구를 얻기 위해 룩오일에 15억 달러를 지급하기로 계약했었고, 북시베리아 파이프라인의 우선 협상 대상자로 선정되었다.

이미 5억 달러는 계약 당시에 지급되었고, 올해 2차분을 받아야만 했다.

"예, 5억 달러가 입금되었습니다. 원유가 발견되었으니까, 발을 뺄 수는 없을 것입니다."

"앞으로 지켜보면 되겠지. 정말 운이 좋은지 아니면 이번 발견이 올가미가 될지를 말이야."

대산에너지의 성공은 이중호의 성공이었다. 이전의 대표였던 박명준을 떠나게 할 정도로 이중호는 성공에 목말라 있었다.

*   *   *

"하하하! 잘했어. 네가 이렇게나 빨리 제 몫을 해낼 줄은 몰랐다."

이대수 회장은 큰 소리로 웃으면서 말했다.

그룹사장단 회의 때 발표된 대산에너지의 업무보고에서 유전을 발견했다는 소식을 접한 뒤부터 이대수 회장에 얼굴에는 웃음이 떠나질 않았다.

"아낌없이 지원을 해주신 덕분입니다. 그리고 김장우 대표와 직원들이 최선을 다한 결과이기도 합니다."

이중호의 입가에서 기분 좋은 미소가 걸려 있었다.

"그렇겠지. 내가 김장우 대표에게 특별성과급을 주라고 이야기해 놨으니까, 직원들에게 알려줘. 그리고 연말 정기 인사 때 이사로 승진시켜 줄 테니까, 앞으로도 잘해봐."

이대수의 말에 이중호의 눈이 커졌다.

"아직 이사로 올라가기에는 많이 부족합니다."

"내가 볼 때는 충분해. 룩오일NY와 계약을 성사시키고, 유전까지 발견했는데 뭐가 문제야. 사장단 회의 때도 다들 널 보는 표정이 달라졌어. 이 부회장도 널 다시 봤다고 했으니까, 말 다했지."

이대수 회장의 말처럼 유전 발견에 대한 보고 자리에 참석한 그룹 사장들은 이중호에게 아낌없는 칭찬을 건넸다.

10억 배럴에 달하는 유전 발견은 경제적인 가치로도 100억 달러 이상이었다.

현재의 기술로는 땅속의 유전에서 60%의 원유만을 뽑아 올릴 수 있었다.

"그래도 올 초에 부장을 달았는데, 이사 자리까지 올라가는 게 조금은 부담이 됩니다."

'후후! 이제야 철이 든 것 같군.'

"나보다는 김장우 대표가 널 이사로 올리고 싶어 해. 이사가 되어야만 일을 주도적으로 할 수 있고. 네 밑에 있는 친구들도 이번 성과로 승진해야 하잖아."

이사 자리를 고사하는 이중호를 바라보며 말하는 이대수 회장의 입가에는 웃음이 떠나지 않았다.

"예, 그러면 아버지 말씀에 따르겠습니다."

"그래. 앞으로 기대가 크니까, 잘해봐."

이대수는 오늘처럼 이중호를 칭찬한 적이 없었다. 또한 이중호가 바랐던 그룹 차원의 자금지원도 이루어졌다.

내년 후반기까지는 어려움이 없이 탐사를 진행할 충분한 자금이 마련되었다.

*　　　　*　　　　*

코사크 정보팀을 관리하는 보리스가 외로운 늑대들의 대한 보고를 위해 스베르를 찾아왔다.

"외로운 늑대들의 본사는 올 초 파리에서 체코의 프라하로 이전했습니다. 회사명은 로보(Lobo)코퍼레이션으로, 수입상으로 등록되어 있습니다."

로보(Lobo)는 스페인어와 포르투갈어로 늑대라는 뜻이었다.

"회사대표는?"

"올해 51세인 로메르라는 인물로 프랑스 외인부대 출신입니다. 로보는 외인부대와 영국의 SAS 출신이 주축으로 이루어져 있습니다. 프라하로 본사를 옮긴 이유는 동유럽 국가들의 군개혁을 통해서 축소되는 특수부대 출신의 인물들을 흡수하려는 목적입니다. 이들을 통해서……."

구소련의 해체는 곧바로 바르샤바 군사동맹의 해체로 이어졌고, 동유럽 국가들의 군비축소를 가져왔다.

러시아와 같이 경제적인 어려움을 겪고 있는 동유럽 국가들의 군비축소는 필연적이었다.

"작전은 언제 진행할 예정이지?"

"다음 주 토요일에 코사크 타격대 1팀과 2팀이 로보 본사와 로메오의 저택을 급습할 예정입니다."

나를 목표로 한 외로운 늑대들을 이대로 놔둘 생각이 없었다.

이에는 이 눈에는 눈으로 철저하게 짓밟아야만 다시는 이러한 일이 이루어지지 않을 것이다.

"문제 될 것은 없나?"

"예, 마피아가 일으킨 일로 처리할 예정입니다. 말르노프와 이야기를 끝냈습니다. 타격대의 안전을 위해서 체코의 범죄조직도 동원될 것입니다."

러시아 마피아 중 가장 강력한 조직으로 성장한 말르노프는 동유럽으로도 영향력을 확대하고 있었다.

또한 군비축소로 인해서 시장에 나오는 동유럽 국가들의 잉여무기들을 사들여 아프리카와 중동 그리고 남미로 판매하고 있었다.

이 때문에 말르노프는 체코와 슬로바키아, 폴란드, 불가리아, 루마니아, 헝가리의 범죄조직과도 연계를 맺고 영향력을 확대하고 있었다.

말르노프를 이끌고 있는 샤샤는 유럽의 정통적 범죄조직인 이탈리아 마피아와 경쟁을 시작한 것이다.

"민간인에게는 피해가 가지 않도록 해."

"예, 피해가 없도록 조치할 것입니다."

"유럽 정보센터는 어디에 둘 예정인가?"

"헝가리의 부다페스트에 둘 예정입니다. 동유럽에서도 코사크에 대한 수요가 계속해서 늘어나고 있습니다."

러시아에서 코사크의 경호와 경비업무를 경험했던 기업들과 그에 연관된 인물들이 본국으로 가서도 경호를 요청하고 있었다.

동유럽 또한 혼란스러움과 치안 부재로 범죄가 빠르게 늘고 있었다.

"러시아 정부의 협조는 받았나?"

"예, 연방방첩국(FSK)에서 동유럽의 주요정보들을 제공했습니다. 도로프 국장을 통해서 동유럽에 있는 FSK요원들과 러시아 대사관의 협조를 받을 수 있게끔 조치가 취해졌습니다."

KGB의 후신인 FSK는 천체사태 이후 정보 강화의 필요성이 제기되어 러시아연방안전국(FSB)로 개편된다.

현재 FSK를 맡고 있는 도로프 국장은 룩오일NY에서 관리하는 인물이자 나를 적극적으로 돕고 있는 인물이었다.

"좋아, 추진해."

"예, 좋은 소식을 가지고 오겠습니다."

보리스가 고개를 숙이며 방을 나갔다. 이번 작전은 아주 중요했다.

러시아 국내가 아닌 유럽에서 벌이는 첫 번째 작전이었다.

로보가 만약 파리에 계속 있었다면 작전을 진행할 수 없었을 것이다.

한편으로 나를 노린 인물이 누구인지도 알아내야만 했다.

*　　　*　　　*

말르노프의 샤샤가 룩오일NY 고급맨션으로 가족들을 받아들인 것에 대한 감사를 표하기 위해 날 찾아왔다.

"감사합니다. 가족들이 무척이나 기뻐했습니다."

샤샤에게는 아들과 두 딸이 있었다. 말르노프에서 가족들을 보호하지만, 어느 순간 정적들에게 당할 수도 있는 것이 마피아의 세계였다.

룩오일NY 고급맨션은 보안은 물론이고 교육, 의료, 쇼핑까지 모든 것을 단지 안에서 해결할 수 있었다.

샤샤의 가족들은 불안함과 걱정 없이 마음껏 생활할 수 있었다. 룩오일NY 고급맨션 입주자들을 공격하는 것은 바로 코사크를 적대하는 것이기 때문이다.

룩오일NY 산하의 직원들에게 공급 예정이었지만, 러시아의 유력 정치인과 기업인들이 끊임없이 입주 요청을 하고 있었다.

"네가 수고한 보답이다. 나는 주고받는 것이 확실한 사람이니까."

"감사합니다. 그리고 이것은 중동에 무기를 판매한 대금입니다."

말라노프는 나의 도움으로 러시아의 무기거래를 장악했다. 러시아도 지금의 경제위기를 타개하기 위해 은근히 불법적인 무기거래를 지원하고 있었다.

러시아의 주력 수출품 중 하나가 무기였기 때문이다.

"쇼이구와 도로프에게 수고비를 전달했나?"

쇼이구는 러시아의 국방부 장관이었고, 도로프는 러시아의 정보부인 연방방첩국(FSK)를 맡고 있었다.

두 사람의 도움 없이는 러시아의 무기를 외부로 쉽게 반출할 수 없었다.

"예, 두 사람에 각각 50만 달러를 비밀계좌로 보냈습니다."

두 사람의 비밀계좌 또한 소빈뱅크에서 관리했다.

"잘했어. 그리고 이 돈은 네가 사용하고, 절반은 일을 진행한 부하들에게 나눠줘."

샤샤가 가져온 1천2백만 달러 중 2백만 달러를 다시 내주었다.

"감사합니다."

샤샤는 거절하지 않았다. 현재 무기 판매대금의 대다수가 자이르공화국의 무기공급과 카로 보안군의 훈련비용으로 들어갔다.

이 사실은 샤샤도 알고 있었다.

샤샤는 사업수단이 상당했고, 야금야금 동유럽에도 세력을 뻗치고 있었다.

난 말라노프의 이러한 행보를 묵인했다. 역사적으로 진행하는 일들을 내가 막아서 될 일이 아니었기 때문이다.

자칫 마피아를 억누르다가는 새로운 전쟁이 러시아 내에

서 벌어질 수 있었다. 차라리 통제권 안에서 이들을 조정하는 것이 최선이었다.

"이탈리아 마피아들은 움직임이 없나?"

"동유럽 진출은 묵인하겠다는 말이 나오고 있지만, 저희의 앞길을 막을 수는 없을 것입니다."

샤샤는 자신감 있는 말투로 이야기했다. 말라노프는 동유럽은 물론이고 서유럽을 거쳐 미국에 진출할 계획이었다.

서유럽에 진출했던 남미의 카르텔이 미국과 남미국가들에 합동작전으로 힘을 잃자 동유럽의 범죄조직들이 하나둘 진입하기 시작했다.

하지만 러시아의 마피아와 같은 조직과 무력 그리고 자금을 가지고 있지 않았다.

오직 이탈리아의 마피아 조직만이 러시아의 마피아에 맞설 수 있었다.

이탈리아의 4대 마피아 조직은 코사 노스트라(Cosa Nostra), 카모라(Camorra), 드란게타(N' drangheta), 사크라 코로나 우니타(Sacra Corona Unita)다.

그중 코사 노스트라(우리들의 것)가 마피아 단체 중에서 가장 영향력 있고 오래된 조직이며 시칠리아를 완전히 장악하고 있었다.

GDP의 20%로 추정되는 거대한 지하 경제를 장악하고 있는 이탈리아 마피아는 이탈리아 전체 GDP의 7% 이상을 차지하고 있다.

어느 순간부터, 서울에서보다도 큰 편안함을 모스크바에서 느낄 수 있었다.

내가 원하는 것들은 모두 할 수 있는 이곳에서 러시아의 정치 관료들이나 신흥재벌인 올리가르히들도 나에게 맞서지 못했다.

파베르제 보석판매점에서 벌어졌던 블라디미르 벨로프 사건 이후 러시아의 신흥재벌들은 더욱 나를 두려워했다.

더욱이 러시아에서 활개를 치고 있는 마피아들도 내게 고개를 숙였다.

새롭게 룩오일NY 산하에 들어왔던 아프토뱅크는 내부 검토와 조사 후에 소빈뱅크와 합병했다.

이로 인해 소빈뱅크는 단숨에 러시아 제일의 은행으로 부상했고, 자본금도 43억 달러로 늘어났다.

아프토뱅크가 가지고 있던 부동산들은 룩오일NY 산하의 기업들과 도시락에게 싼 가격으로 매각되었다.

또한 아프토뱅크는 모스크바 중심에 4성급 살루트호텔를 소유하고 있었으며 살루트호텔은 닉스호텔에 편입되었다.

닉스호텔은 곧바로 살루트호텔의 시설과 인테리어를 새롭게 하는 공사에 들어갔다.

공사가 끝나면 살루트는 러시아 최초 5성급 호텔로 거듭날 것이다.

또한 아프토뱅크와 함께 넘겨받은 정유회사 시단코는 내가 모스크바를 떠난 이후 철저한 경영진단이 진행되었다.

이를 통해서 불법적인 회계 조작과 부실 경영을 찾아내어 관련자 모두를 퇴사시키고 사법당국에 고발했다.

관련자들이 회사에 끼친 손해를 보상하지 않는다면 그들모두는 사하공화국에 완공된 카타스 감옥으로 보내질 것이다.

카타스는 혹독한 추위와 노동이 기다리는 곳이었다.

"시단코를 이끌 후보들입니다."

비서실장인 루슬린이 내게 건넨 서류에는 3명의 후보가있었다.

두 명은 러시아 출신이었지만 한 명은 미국계 러시아인이었다.

세 사람 다 석유와 정유업계에서 오랜 경험이 있는 인물들이었고 러시아어에 능통했다.

그중 미국계 러시아인 콘스탄틴에 눈이 갔다. 캘리포니아공대에서 지질학을 전공했고, 하버드에서 다시 경영학과

철학을 공부했다.

그 후 세계적인 미국계 정유회사 쉐브론과 석유회사인 텍사코에서 근무했다. 아버지와 어머니 모두 러시아인이었고, 구소련이 무너지자 부모님과 함께 러시아로 들어왔다.

"이 친구가 직접 지원한 건가?"

시단코 내부와 외부에 이례적으로 공개적인 지원 공고를 냈었다.

40대 초반인 콘스탄틴은 현재 모스크바 기술공대의 한 연구실에서 일하고 있었다.

"예, 지원 서류를 직접 제출했습니다. 나머지 두 후보는 추천을 받아 검토 후 후보에 올렸습니다."

외부 추천을 받은 두 사람도 경력이 화려했고, 경영능력을 갖춘 인물들이었다.

하지만 콘스탄틴은 다른 후보에 비해 경영 분야의 경력이 부족했지만, 실무 능력은 뛰어났다.

이번 공고에는 총 12명이 지원서를 제출했다.

"다들 전 회사에서 문제를 일으키지는 않았나?"

"문제점은 없었습니다. 전문적인 지식이나 인품이 모두 훌륭했습니다."

루슬린을 비롯한 룩오일NY 산하의 기업 대표들과 인사 관련 임원들이 면접을 보았다.

관련 인물들의 평가에서도 세 사람의 점수는 크게 차이가 나지 않았고, 점수가 한쪽으로 쏠리지 않았다.

"콘스탄틴과 코마로프를 만나보고 결정하지."

세 사람의 후보에서 둘을 골랐다.

"예, 연락을 취하겠습니다. 날짜는 언제로 할까요?"

"내일로 해. 대표를 빨리 결정해야 시단코의 정상화도 빨라지니까."

시단코는 러시아의 정유업계를 대표하는 회사였다. 시단코를 통해서 룩오일NY에서 생산되는 원유들이 정제되어 석유화학 제품들이 러시아와 유럽으로 팔려 나갈 것이다.

이를 위해서 시단코에도 추가적인 시설 투자가 진행 중이었다.

*　　　*　　　*

체코 프라하에 있는 고풍스러운 저택 안, 두 사람이 저녁을 먹으면서 이야기를 나누고 있었다.

"후! 우리 쪽 피해가 심각합니다. 아프리카에서 활동하는 50%의 인원이 피해를 보았습니다. 다들 베테랑급이라 아쉬움이 더 큽니다."

한숨을 내쉬며 말했던 사내는 자신의 앞에 놓인 와인 잔을 들어 입으로 가져갔다.

사내는 다름 아닌 용병 조직인 로보(Lobo)코퍼레이션를 이끌고 있는 로메오였다.

"코사크가 선수를 칠 줄은 예상하지 못했습니다. 자이르 정부군이 갑작스럽게 공세로 나온 것도 예상 밖의 일이었으니까요."

로메오의 말을 받는 사람은 미국에서 건너온 제임스였다. 표도르 강의 회유에 실패하자 그를 죽이기 위해 노력했지만 두 번의 실패를 겪었다.

"저희가 코사크의 힘을 과소평가한 것 같습니다."

"처음에는 단순한 인력들을 받아들인 거로 생각했지만, 그것이 아니었습니다. 구소련의 KGB와 특수부대의 고급 인력들을 고스란히 코사크가 흡수했습니다."

제임스는 자신이 놓쳤던 부분을 이야기했다. 자동차 사고를 위장한 채 러시아를 떠난 것이 코사크에 대한 정보를 등한시한 결과로 이어졌다.

한편으로 표도르 강을 끌어들이기 위해 어느 정도 러시아에서 힘을 얻는 것을 묵인했었다.

"러시아에서도 코사크를 돕는 것이 아닙니까?"

코사크의 전투력과 정보력을 보았을 때 일반적인 경호업체가 아니었다.

"아니라고 할 수 없습니다. 그만큼 표도르 강의 영향력이 러시아에서 막강해졌으니까요."

"현재 놈은 어디에 있습니까?"

"자이르공화국을 떠나 모스크바에 머물고 있습니다."

"놈의 본거지인 모스크바에서는 일을 벌일 수가 없지 않습니까?"

"물론 그렇습니다. 러시아에서는 놈을 잡기에는 큰 무리가 따릅니다. 놈이 러시아를 떠나야만 가능성이 더욱 커지지요."

"그럼 어떻게 하실 생각이십니까?"

로메오는 복수를 원했다. 하지만 외로운 늑대들의 힘을 넘어서고 있는 코사크였기에 쉬운 일이 아니었다.

자칫 섣불리 움직였다가는 회사가 위태로울 수 있었다.

표도르 강을 잡기 위해서는 막강한 정보력을 가지고 있는 제임스가 필요했다.

"덫을 놓아야겠습니다."

"어떻게 말입니까?"

"체첸을 이용해야겠습니다. 요즘 한창 체첸이 러시아에서 이탈하려고 합니다. 하지만 러시아는 쉽게 체첸을 놔주지 않을 것입니다. 제 예측이 맞는다면 체첸은 발칸반도를 뒤덮은 유고슬라비아의 내전처럼 활활 타오르는 전장이 될 것입니다."

공산주의의 몰락과 함께 유고슬라비아 연방이 해체되기 시작했다.

유고슬라비아는 여러 민족과 종교가 불안하게 얽힌 가운데 탄생한 국가였다.

이제 각 지역에서 독립을 주장하고 있었고, 그중 가장 많은 인구를 차지하는 세르비아인과 그들의 지도자 슬로보단 밀로셰비치는 어떤 대가를 치르더라도 하나의 국가를 유지하려고 했다.

밀로셰비치와 그를 지지하는 인물들이 독립운동을 탄압하자 피비린내 나는 내전이 벌어졌고, 이곳에 외로운 늑대들이 고용되어 활동하고 있었다.

"그렇다면 놈을 체첸으로 끌어들이겠다는 말입니까?"

"올 수밖에 없게끔 만들어야지요."

제임스는 말을 마친 후 와인 잔을 들어 목을 축였다.

"그럼 체첸에 인원을 얼마나 보내야겠습니까?"

"유고에 있는 병력을 모두 보내십시오. 놈을 잡으면 1억 달러를 드리겠습니다."

제임스의 말에 로메오의 눈썹이 꿈틀댔다. 코사크에게 당한 복수는 해야만 했다.

그것이 지금까지 외로운 늑대들이 지켜온 철칙이었다.

거기에 1억 달러의 수입이 생긴다면 회사는 한동안 안정적으로 돌아갈 것이다.

"좋습니다. 놈을 제거해야만 자이르에서 죽어간 전우들도 만족할 테니까요."

유고슬라비아 내전에 투입된 용병들은 5백 명에 달했다.

*   *   *

현재 러시아는 체첸사태로 정국이 불안했다.

모스크바에서 남쪽으로 1천700㎞ 떨어진 체첸은 오랫동안 러시아의 지배에 맞서왔다.

1991년 소련연방이 해체되자 각 공화국은 가장 먼저 러시아로부터의 분리 독립을 선언하였다. 체첸에서도 10월 선거가 열려 체첸계 소련 공군장성 출신인 조하르 두다예프가 대통령으로 선출되자, 그는 체첸의 독립을 공식적으로 선언하였다.

하지만 소수민족들의 분리 독립 요청으로 인해 곤란을 겪던 러시아는 이를 인정하지 않았다.

체첸 내부는 두다예프를 중심으로 독립을 얻어내려는 이치케리아 체첸공화국과 이를 반대하는 친러시아계 체첸공화국으로 분열되었다.

러시아로서는 체첸을 독립시켰을 때 벌어질 수 있는 다른 소수민족들의 독립요구를 사전에 방지하고, 광물자원이 풍부하게 매장되어 있는 체첸 일대를 통해 얻을 수 있는 경제적 이익을 지키려는 목적이 더 컸다.

"두다예프 때문에 머리가 지끈지끈 아파."

옐친은 머리를 감싸 안으며 말했다. 경제적인 어려움뿐만 아니라 옐친의 정책을 비판하는 정적들과의 싸움에서도 옐친은 지쳐 있는 상황이었다.

더구나 언제 터질지 모르는 화약고인 체첸이 러시아가 원하지 않은 쪽으로 상황이 급변하고 있었다.

구소련의 장교였던 두다예프를 체첸공화국 지도자로 임명한 것은 그가 러시아연방에 계속 충성할 것이라고 예상했기 때문이었다.

하지만 두다예프는 그런 러시아 정부의 예상을 뒤엎는 행동을 하고 있었다.

"우리를 지지하는 인물들 상당수가 두다예프에 의해서 주요 자리에서 쫓겨났습니다."

체첸의 대통령이 된 두다예프는 독립을 반대하는 체첸 정부 관리들을 해고했다.

"놈이 독립을 철회하지 않는다면 이대로 두고 볼 수는 없어."

러시아의 언론들은 소련연방이 해체되면서 15개 나라의 독립을 손가락 빨며 지켜볼 수밖에 없었던 과거를 언급하며 더는 독립을 허락해서는 안 된다는 말을 강경하게 하고 있었다.

러시아 국민들도 러시아의 땅이 떨어져 나가는 것을 원치 않았다.

더욱이 러시아연방 8개 지역에서 자치 또는 독립운동이 점점 더 격화되고 있는 상황에서 전략 요충인 러시아 남부 캅카스 산악지대에 자리를 잡고 있는 체첸의 독립을 인정할 수 없었다.

더구나 체첸공화국을 통과하는 송유관이 건설되고 있었고, 이 송유관을 통해 카스피 해 산유지서 흑해의 노보로시스크까지 대량의 원유가 운반될 예정이었다.

러시아는 이 사업으로 매해 수천만 달러의 이익을 얻을 것으로 기대하고 있었다. 이미 재정적으로 절망적일 만큼 궁핍했던 러시아 정부는 소득의 원천을 위태롭게 하고 싶지 않았다.

"협상을 하고 있지만 두다예프와 그 추종자들의 독립 의지가 강력합니다."

안톤 바이노 대통령 비서실장의 말처럼 러시아가 제시한 협상안을 두다예프는 거절했다.

두다예프는 행정권만을 가지는 자치공화국에 만족하지 않고 국방과 외교권까지 소유한 완벽한 독립을 원했다.

"체첸이 아니더라도 신경을 쓸 게 한둘이 아니잖아. 두다예프를 처리할 방안을 가지고 와."

"예, 알겠습니다."

바이노는 옐친에게 고개를 숙인 후 집무실을 나왔다. 옐친의 말처럼 지금 러시아는 시급하게 처리해야 할 일들이 한둘이 아니었다.

*   *   *

체첸의 수도인 그로즈니에 자리 잡은 그로즈니공항에 자가용 비행기 한 대가 도착했다.

공항에는 체첸의 지도자인 두다예프를 비롯한 그를 따르는 군인들이 비행기에서 내리는 인물을 맞이했다.

"하하하! 오래간만입니다."

비행기에서 내린 인물은 다름 아닌 프라하에서 로보의 대표인 로메오를 만났던 제임스였다.

"다시 만나서 반갑습니다. 체첸에 오신 걸 환영합니다."

두다예프는 제임스를 반갑게 맞이했다.

"제 부탁을 들어주셔서 감사합니다."

"친구는 어려울 때의 도움을 잊지 않습니다. 더욱이 체첸인들은 더욱 그렇습니다."

"하하하! 역시 대통령께서는 신의를 아시는 분입니다."

"옐친의 친구는 곧 체첸의 적입니다. 체첸에 위험이 되는 인물이라면 사전에 제거하는 것이 맞는 것입니다."

"맞는 말씀입니다. 표도르 강은 옐친의 손발이 되어주고 있습니다. 더구나 모스크바에서 체첸 마피아를 쫓아낸 것도 표도르 강입니다."

체첸 마피아는 체첸 독립을 위한 자금을 제공하고 있었다. 독립을 주장하는 세력에게 있어 체첸 마피아는 중요한 자금원이자 같은 길을 걸어가는 동지였다.

"표도르 강을 이곳으로 불러들일 수 있다면 놈의 시체를 볼 수 있을 것이오."

"예, 놈을 위한 덫이 곧 준비될 것입니다."

두다예프의 말에 제임스의 입가에 밝은 미소가 지어졌다.

Chapter 4

러시아에서 일정을 끝내고 한국으로 들어가려고 할 때였다.

룩오일NY가 투자하고 있는 카스피 해 석유 파이프라인에 문제가 생겼다.

체첸공화국 내 공사현장에 있던 룩오일NY의 직원들이 별다른 이유 없이 현지 경찰에 연행되었다.

문제는 현장에 가스프롬의 직원들도 있었지만, 그들은 연행되지 않았다.

가스프롬이 주도하고 있는 카스피 해 파이프라인 사업에

는 러시아 정부가 30%를, 룩오일NY가 25%를, 나머지 45%의 지분을 가스프롬이 가지고 있었다.

"직원들이 몇 명이나 연행된 것이지?"

"모두 다섯 명입니다."

"연행된 이유를 알아내지 못했나?"

"예, 사유를 알아보기 위해 연락을 취했지만, 연행 이유에 관해서 이야기를 해주지 않고 있습니다."

"내무부에는 연락을 취했나?"

"예, 정당한 사유 없이 직원들이 체포되었다고 전했습니다. 내무부에서 알아보겠다고는 했습니다. 한데 요즘 체첸 분위기가 좋지 않은 것이 염려됩니다."

루슬란의 말처럼 체첸은 줄기차게 독립을 요구하며 러시아의 심기를 건드리고 있었다.

'음, 그러고 보니 얼마 안 있으면 체첸내전이 시작하겠군. 하지만 왜 우리 직원들을 체포한 거지.'

"혹시 직원들이 마약이나 범죄에 연관된 것은 아닙니까?"

자리에 함께한 김만철이 물었다.

"예, 저도 그 점이 염려스러워서 조사해 봤지만, 다들 범죄와는 거리가 먼 성실한 직원들이었습니다."

범죄와 연관성도 없는 직원들을 아무런 이유 없이 연행

했다는 것은 이상했다.

"다시 한번 내무부에 연락해 빠른 조처를 요구하게. 그리고 혹시 모르는 일이니까 코사크 타격대도 준비시키도록 해."

"예, 알겠습니다."

루슬란은 대답한 후에 회장실을 나갔다.

"왠지 느낌이 좋지 않습니다. 아무 이유 없이 우리 직원들만 연행해 갔다는 것은 무슨 목적이 있지 않고서는 행동할 수 없는 일입니다."

구소련에서 러시아로 바뀐 이후 룩오일NY 산하의 기업들과 직원들을 건드릴 수 있는 러시아의 정부기관이나 인물은 없었다.

"맞는 말씀입니다. 체첸 경찰이 아무 이유 없이 움직일 리는 없습니다."

함께한 티토브 정의 말이었다.

"문제는 현재 러시아의 영향력이 체첸에 미치지 못한다는 것인데……."

체첸에서는 러시아에서의 독립을 반대하는 세력들이 독립파에게 밀리고 있었다.

사실 카스피 해 주변과 맞닿은 체첸 일대에는 러시아 석유 매장량의 5~7%쯤이 묻혀 있는 것으로 알려졌다. 또한 카스피 해 일대의 주요 석유산지들과 러시아를 잇는 석유와 가스의 파이프라인이 지나는 중심 지역이 체첸의 수도인 그로즈니이다.

만약 석유와 천연가스가 발견되지 않았다면 체첸의 상황도 달라질 수 있었을 것이다.

"놈들이 말을 듣지 않으면 코사크를 바로 투입하시지요."

김만철은 자신감 넘치는 말을 했다.

하지만 체첸은 다른 곳과는 다른 상황이 연출될 수 있었다.

"체첸은 쉽지가 않습니다. 저희를 확실히 돕는 인물이 없는 한은 자칫 코사크도 큰 피해를 볼 수 있습니다."

실제로 러시아 내무부 소속의 일부 병력이 옐친의 명령을 받고 체첸의 지도자인 두다예프를 체포하러 들어갔다가 전멸당했다.

이로 인해 러시아 국내 여론의 악화와 옐친의 지도력이 의심받는 상황에 이르자 전격적인 러시아군의 체첸 침공이 이루어졌다.

한편으로는 전쟁에 들어가는 비용보다 체첸의 지하자원들이 경제적으로 더욱 러시아에 이익이 되었던 것도 체첸 침공의 요인 중 하나였다.

"체첸은 다른 민족과 달리 상당히 전투적입니다. 더구나 성인 대다수가 총기를 능숙하게 다룰 줄 압니다. 체첸에 대한 정보가 부족한 상황에서 함부로 접근했다가는 회장님의 말씀처럼 큰 낭패를 볼 수 있습니다."

티토브 정은 체첸에 대해서 잘 알고 있었다.

체제 민족은 나이가 12살이 넘으면 하나의 전사로 취급했고, 무기에 대한 집착이 강해 총과 칼을 다루는 솜씨가 뛰어났다.

아프리카와 체첸은 전혀 달랐다.

"그렇다고 러시아를 믿고 기다릴 수는 없는 노릇이잖아?"

"우선은 정확한 정보가 필요합니다."

티토브 정의 말처럼 정보가 필요했다. 더구나 체첸은 코사크가 진출하지 않은 지역 중 하나였다.

"그래 맞아. 안톤이 있잖습니까? 저희와 전투를 벌였던 체첸 마피아의 두목 말입니다. 그 친구에게 연락을 해보시지요."

김만철이 이야기한 안톤은 체첸 마피아 샬리의 두목이었다. 나로 인해 조직이 붕괴되어 모스크바를 떠나 체첸으로 돌아갔었다.

샬리의 자금을 정리한 후 떠나는 안톤에게 나는 러시아

가 체첸을 침공한다는 말을 해주었고, 그는 나에게 연락처를 남겼었다.

체첸의 독립자금을 지원했던 샬리의 모든 것을 빼앗지 않았기 때문에 가능했던 일이었다.

"안톤을 잊고 있었네요."

안톤과 연락이 닿을 수 있다면 체첸의 현지 상황을 보다 정확하게 알 수 있을 것이다.

룩오일NY의 요청에 러시아 내무부가 움직였지만, 체첸공화국의 경찰은 내부적인 일이라는 핑계를 대면서 연행한 직원들에 대한 석방을 거부했다.

문제는 룩오일NY의 직원들이 무엇을 잘못했는지에 대한 답변을 하지 않고 있다는 것이었다.

현재 코사크 정보팀이 움직이고 있었지만, 현지 경찰은 두다예프 대통령이 확실하게 장악하고 있는 관계로 정보 습득에 어려움이 있었다.

"직원들의 위치가 파악되었습니다."

코사크 정보팀 보리스 실장의 보고였다.

"어디에 있는 거지?"

"그로지니 경찰청에 갇혀 있습니다. 지도에 표시된 것처럼 경찰청은 그로지니 중심가의 동쪽에 자리 잡고 있습니다."

상황실 벽에는 체첸의 수도인 그로지니의 정밀지도가 걸려 있었고, 지도에는 중요 시설물들의 위치가 표시되어 있었다.

"음, 내무부는 다른 말 없었나?"

"현지에 내무부 소속 수사요원들을 파견하겠다는 말을 전해 왔습니다."

"현지 정보원은 확보했어?"

"예, 독립파를 반대하는 쪽에서 2명의 인물이 저희를 돕겠다고 했습니다. 문제는 이들이 경찰청에 접근할 수 없다는 것입니다."

"음, 우선은 내무부의 움직임을 지켜본 후에 타격대를 출동시킬지 결정해야겠어. 타격대의 준비는?"

"언제든지 출동할 수 있게 준비를 갖췄습니다. 현재 경찰청의 지도를 입수해 침투작전을 짜고 있습니다."

그때였다.

직원 하나가 다급하게 상황실로 들어왔다.

"체첸 경찰청에서 연락이 왔습니다. 수감 중인 직원 하나가 사망했다고 합니다."

"사망 사유는?"

직원의 말에 다급하게 되물었다.

"오늘 아침 식사 후에 갑작스럽게 사망했다는 말만 전했습니다. 그리고 사망한 직원의 시체는 건네주겠지만, 조사가 끝나지 않은 직원들에 대해서는 계속 조사를 할 예정이라고 합니다."

"이놈들이 뭔가를 확실히 꾸미는 것이 확실합니다."

김만철이 의자에 머리를 기대며 말했다.

김만철의 말처럼 체첸 경찰 측에서 일을 꾸민다는 느낌이 들었다.

"경찰청 내부의 인물을 어떻게든지 섭외해."

나는 보리스 실장에게 명령했다.

"예, 바로 알아보겠습니다."

보리스 실장은 고개를 숙인 후 곧장 상황실을 나섰다.

곧바로 전화기를 들고는 나만이 사용하는 전용 번호를 눌렀다.

"바이노 대통령비서실장에게 연결해."

전화기를 내려놓은 지 2분 뒤에 전화벨이 울렸다.

수화기를 들자 바이노의 목소리가 들려왔다.

─바이노입니다, 무슨 일이 있으십니까?

"예, 체첸 경찰청에 갇혀 있는 저희 직원 중 하나가 사망했다는 연락이 왔습니다. 이대로 지켜볼 수는 없을 것 같습니다."

바이노는 코사크의 움직임을 자제해 달라는 요청을 했

다. 체첸과의 협상을 벌이고 있는 상황에서 무력충돌은 자 칫 협상의 걸림돌로 작용할 수 있기 때문이었다.

─음, 상황을 알아보고 연락을 드리겠습니다.

"오늘 중으로 조처가 없으면 저흰 직원들의 안전을 위해 움직일 수밖에 없습니다."

─예, 무슨 말씀인지 알겠습니다.

"그럼 부탁하겠습니다."

안톤 바이노는 나의 도움으로 대통령비서실장의 자리에 앉았다. 바이노뿐만 아니라 러시아의 여러 주요 정부기관 에는 룩오일NY와 밀접한 관계를 맺고 있는 고위관료들이 포진해 있었다.

그들은 룩오일NY의 발전을 도왔고 나는 그들에게 권력 을 잡기 위한 자금과 정보를 제공했다.

이러한 관계는 앞으로도 계속될 것이다.

오후에 바이노에게 연락이 왔다.

내무부 소속 특별수사요원들이 체첸으로 급파되었다는 소식이었다.

한편으로는 러시아와 체첸의 협상이 결렬되었다는 소식 이 전해졌다.

체첸의 상황은 매우 급박하게 돌아가고 있었다.

한 가지 다행스러운 점은 샬리의 안톤과 연락이 되었다는 것이다.

안톤은 현재 볼고그라드와 체첸의 그로즈니를 오가며 사업을 하고 있었다.

물론 체첸 마피아인 샬리가 주관하는 사업이었다.

안톤은 체첸에서 다시금 인력을 충원해 샬리를 재건한 후 볼고그라드(스탈린그라드)에서 다시금 세력을 구축했다.

볼고그라드는 볼가강 하류에 위치한 공업도시이며 이곳에는 제강, 야금, 석유화학, 기계, 자동차. 건축자재. 목재가공, 식품산업 등 각종 공장이 집중적으로 몰려 있는 도시다.

이곳에는 도시락마트와 라두가 자동차가 진출해 있으며 시단코의 정유공장도 자리 잡고 있다.

나는 곧장 안톤을 만나기 위해 볼고그라드로 날아갔다.

볼가강이 훤히 내려다보이는 사마라 호텔에서 안톤을 만났다.

"오랜만입니다. 그동안 잘 지내셨습니까?"

안톤은 밝은 모습으로 내게 인사를 건넸다.

"그동안은 잘 지냈지만, 지금은 그렇지 못하네."

"저도 소식은 들었습니다."

안톤은 체첸에 자신만의 정보망이 있었다.

"그렇다면 이야기를 쉽게 풀 수 있겠군. 단도직입적으로 이야기하지. 우릴 도와줬으면 해."

"어떻게 말입니까?"

"내무부 소속의 특별수사요원들이 그로즈니로 들어갔지만, 그들이 우리 직원들을 빼내 올 수 있다고는 생각지 않네. 이미 러시아와 체첸과의 협상이 결렬된 상태에서 독립파가 협조적으로 나오지 않을 테니까 말이야. 코사크를 투입하려고 하는데 솔직히 정보가 부족하네."

"저에게 정보를 요구하시는 것입니까? 저 또한 체첸의 독립을 지지하는 사람인데요."

"독립은 체첸의 힘만으로는 힘들다는 것을 잘 알 텐데. 러시아는 어떠한 희생을 치르더라도 체첸의 독립을 절대 허락하지 않을 거야."

"저희도 어떠한 희생을 치르더라도 독립을 쟁취할 것입니다."

안톤은 강한 톤으로 나의 말에 답했다.

"물론 그 마음은 잘 알고 있네. 하지만 체첸은 러시아를 무력으로 이길 수 없어. 이번 협상의 결렬로 옐친은 상당한 정치적 부담감을 가지게 되었네. 더구나 다음 대통령 선거에서 러시아 국민들에게 무언가를 보여줘야만 선거를 이길 수 있는 상황이야. 더구나 러시아가 경제적인 어려움 속에 있다고는 하지만 어떨 때는 정치적인 승부수로 전쟁을 선택하기도 하지."

"옐친이 체첸을 침공한다는 말은 전에도 하셨잖습니까. 저희도 그에 대한 대비를 하고 있습니다."

"고작 90만 명의 인구를 가지고 러시아를 대항하겠다고. 거기다가 체첸인 모두가 독립을 바라는 것이 아닌 상황에서는 절대 러시아를 이길 수 없어. 수도인 그로즈니는 물론이고 체첸 일대가 전쟁으로 인해서 황폐해질 거야. 그리고 전쟁이 일어나면 두다예프도 무사하지 못해."

"체첸인을 잘 모르시는 말씀입니다. 러시아는 체첸에 발을 들이는 순간 치를 떨게 될 것입니다."

"물론, 러시아도 상당한 피해를 입겠지. 하지만 결국 러시아의 뜻대로 체첸의 운명은 바뀌게 될걸. 전쟁에 참여한 남자들은 물론이고, 수많은 여자와 아이들이 희생당하고 국토가 황폐해진 후에 러시아의 뜻대로 움직이는 인물이 체첸의 지도자가 될 것이네. 그렇게 되면 숭고한 희생의 가치도 별 의미가 없게 되지."

"마치 미래를 보는 것처럼 이야기를 하시는군요. 체첸은 어떤 어려움도 견뎌낼 수 있습니다."

"아니, 전쟁은 모든 걸 바꿔놓지. 숭고한 정신과 희생도 승리를 가져오지 못한다면 아무 소용이 없어. 날 도와주면

나 또한 체첸을 돕겠네. 하지만 그렇지 않다면 나는 내가 가진 모든 것을 동원해서 체첸과 연관된 것들을 러시아에서 지워 버릴 것이네."

나의 말에 안톤의 표정이 급변했다. 안톤은 나의 말이 허언이 아니라는 것을 잘 알고 있었다.

또한 내가 지금 말한 이야기를 충분히 현실화시킬 수 있는 능력과 힘을 가지고 있다는 것도 말이다.

Chapter 5

　그로즈니에 머물고 있는 제임스는 체첸공화국의 보안사
령관인 넘초프를 만나고 있었다.

　"러시아에서 항공기의 이착륙을 허락하지 않고 있습니
다. 더는 항공기를 이용할 수 없을 것 같습니다."

　체첸과의 협상이 결렬되자마자 러시아는 그로즈니공항
으로 향하는 항공기들을 통제하기 시작했다.

　"아직 60%의 인원이 들어오지 못했습니다. 다른 루트는
없겠습니까?"

　세르비아와 코소보에서 활동하던 외로운 늑대들에 속한

용병들이 200명밖에 입국하지 못했다.

"육로도 어려울 것 같습니다. 현재 터키를 거쳐 그루지야나 아제르바이잔을 통해서 넘어와야 하는데, 두 나라가 국경을 봉쇄하려는 움직임을 보이고 있습니다."

"음, 너무 빨리 협상이 결렬된 것이 문제가 될 줄이야."

"부족한 병력은 우리가 제공해 드리겠습니다. 표도르 강이 이곳으로 온다면 절대 살아서는 나갈 수 없습니다."

체첸의 독립파는 제임스에게 적극적으로 협조했다. 이들이 적극적으로 나오는 이유는 제임스가 독립파에게 미화로 천만 달러를 제공했기 때문이다.

만약 표도르 강의 제거에 성공하면 2천만 달러를 더 지급하기로 했다.

러시아도 경제적인 어려움에 부닥쳐 있었지만, 체첸의 상황도 좋은 편이 아니었다.

더구나 독립을 위한 전쟁까지 생각 중인 이들에게도 무기와 식량을 구매할 자금이 필요했다.

제임스는 이들에게 큰 고객이었다.

"알겠습니다, 우선은 지금의 병력으로 준비를 해보겠습니다. 필요하면 다시 말씀드리겠습니다."

"예, 언제든지요. 그럼 저는 가보겠습니다."

넘초프는 제임스가 머무는 숙소를 떠났다. 제임스가 머

무는 숙소에는 그로즈니에 입국한 용병들도 함께 기거하고 있었다.

제임스는 두 채의 건물을 임대했고, 그곳에 외로운 늑대들에 속한 용병들이 작전캠프를 차렸다.

"어떡하실 예정이십니까? 작전에 체첸인들을 끌어들이실 것입니까?"

왼쪽 얼굴에 큰 화상 자국이 있는 인물이 제임스에게 물었다. 그는 그로즈니에 들어온 외로운 늑대들의 리더였다.

"아니, 명령을 단일화하지 않은 상태에서는 작전에 혼선만 줄 수 있다. 현재의 인원들로 해결할 수밖에"

5백 명에 달하는 용병들을 한꺼번에 입국시킬 수는 없었다. 수십 명씩 러시아의 눈을 피해 입국시켰지만, 협상 결렬이 발목을 잡게 될지는 예상하지 못했다.

*　　　*　　　*

안톤은 나를 돕기로 했다.

안톤은 그로즈니 경찰청에 근무하는 인물들과 친분이 두터운 사이였다.

그로즈니에서 자동차 판매장과 여러 건물을 소유하고 있는 안톤은 적지 않은 영향력을 가지고 있었다.

"사망한 직원은 고문을 받은 것 같습니다. 그리고 이 사건에는 쿨리코프 경찰청장이 직접 개입했습니다. 그는 두다예프 대통령을 추종하는 측근 중의 하나입니다. 그리고 룩오일NY의 직원들을 추궁했던 인물들은 체첸 경찰이 아니었습니다. 그들은 외국에서 온 인물들이라고 합니다."

"외국인들이고? 확실한 것인가?"

생각지도 못한 말이 안톤의 입에서 나왔다.

"국적은 정확히 모르지만, 외국인들이라고 말했습니다. 저에게 거짓말을 할 인물이 아닙니다."

"혹시, 그들이 머무는 장소와 사진을 입수할 수 있겠나?"

"부탁을 할 수는 있습니다. 단, 그들에게 대가를 주어야만 합니다."

"물론 대가를 줄 것이다. 중요한 사진을 찍어서 보내주면 미화로 1만 달러를 준다고 하게."

경찰 월급으로 8~9년을 한 푼도 쓰지 않고 모아야 하는 돈이었다.

"하하! 무척 좋아하겠습니다."

안톤은 내 말에 웃으면서 말했다. 난 안톤에게도 상당한 대가를 주기로 했다.

"또 하나, 두다예프 대통령과 다리를 놔주게."

"대통령과 말입니까?"

"사태를 해결할 인물은 두다예프 대통령밖에는 없네. 그리고 난 체첸이 불행해지길 원하지 않네. 두다예프는 지금 판세를 잘 읽고 있어. 러시아 정부는 체첸의 독립보다는 전쟁을 벌이는 것이 더 유리하다는 쪽으로 의견이 모아지고 있네."

두다예프는 옐친 대통령의 미지근한 행동과 시급한 러시아 경제의 어려움 때문에 전쟁으로는 이어지지 않으리라고 판단했다.

"두다예프 대통령은 자신의 신념을 바꾸지 않을 것입니다."

두다예프는 완전한 독립을 원했다.

러시아연방에 남는 대신 체첸공화국에 포괄적인 자치권을 주는 내용을 뼈대로 하는 협정이 결렬된 후부터 두다예프는 구소련 시절 체첸에 이주해 온 러시아계 주민들을 내몰고 있었다.

"독립을 위해서는 지금보다 힘을 길러야만 해. 지금은 그 힘을 축적할 시기이지."

전쟁을 막고 싶었다. 기존의 역사대로 전쟁이 벌어지면 1차 체첸전쟁으로만 6~10만 명의 희생자가 발생한다.

러시아군도 5천 명에 이르는 전사자와 부상자가 발생했다고 발표했지만, 실제로는 1만5천 명에서 2만 명이 넘어서는 희생자가 나왔다.

"쉽지 않은 일입니다. 두다예프 대통령은 러시아와 연관된 인물들을 몹시 싫어합니다."

"두다예프도 구소련의 장성이었어. 그의 결정으로 인해서 체첸땅을 피로 물들이는 것은 체첸인 모두가 바라는 것은 아니야. 체첸에 충분한 이익이 될 수 있게끔 룩오일NY가 투자를 진행하겠다고 전하게. 난 러시아의 편도, 체첸의 편도 아닌 사업을 벌이는 기업인일 뿐이라고 말이야."

현재 러시아계 주민들을 추방하는 일로 인해 러시아가 지원하는 체첸 의회와 두다예프 정권은 내전을 벌일 상황이었다.

실제의 역사도 의회를 지지하는 독립반대파가 밀리자 이들은 러시아군의 투입을 옐친에게 요청했다.

"알겠습니다, 회장님의 의사를 전달하겠습니다. 하지만 두다예프 대통령이 만나줄지는 장담할 수 없습니다."

"전쟁의 그림자가 체첸을 벗어난다면 체첸은 지금껏 겪어보지 놀라운 변화와 발전을 이룩할 수 있을 것이네."

나에게는 체첸을 변화시킬 수 있는 자신감과 재력이 있었다.

또한 체첸은 석유는 물론이고 수많은 광물자원이 잠자고 있는 곳이다.

　러시아 내무부에서 파견한 특별수사요원들은 예상대로 룩오일NY의 직원들을 빼내지 못했다.

　사망한 직원만 그로즈니 경찰청에서 인계받아 우리에게 건네주었다.

　사망한 직원에 대한 부검이 곧바로 이루어졌고 어떤 경위인지는 모르겠지만, 기도폐쇄로 인한 뇌 손상이 원인이었다. 또한 사망한 직원의 몸 여기저기에 타박상의 흔적도 발견되었다.

　"물고문을 했을 수도 있다고 합니다."

　의사 소견서를 받아온 루슬란 비서실장의 말이었다.

　"이 일을 진행한 놈들은 절대로 용서할 수 없어. 가족들에게 보상은 이루어졌나?"

　"예, 지시하신 대로 10만 달러와 함께 매달 생활비와 자녀들의 학비를 제공할 예정입니다."

　"잘했어. 체첸에 입국한 놈들에 대한 조사는 어떻게 되었나?"

　"예, 그로즈니에 들어온 놈들은 모두 유고슬라비아의 베오그라드와 프리슈티나에서 건너왔습니다. 지금까지 유고슬라비아에서 건너온 숫자는 대략 2백여 명입니다."

"혹시, 체첸의 독립을 돕기 위해서 들어온 놈들인가?"

"그런 것은 아닌 것 같습니다. 두다예프와 연관된 인물들이었다면 입국이 가능할 수 없었을 것입니다. 체첸과의 협상이 결렬되자 당국에서는 외국에서 그로즈니로 들어가는 항공편을 모두 막아버렸습니다. 러시아군 또한 육로로의 접근도 통제하고 있습니다."

독립을 원하지 않는 의회파도 무장한 채로 두다예프의 체첸자치공화국 방위군과 대치하고 있었다.

문제는 의회파가 체첸 방위군보다 전력이 떨어진다는 것이다.

"음, 그렇다면 놈들은 체첸 밖으로 빠져나올 수 없다는 것인데. 안톤이 사진은 보내왔나?"

"예, 사진에는 그로즈니 경찰청을 드나드는 십여 명의 인물들만 찍혀 있었습니다."

현상한 사진들을 회의 탁자에 하나둘 올려놓았다. 사진들은 전문가가 찍은 것이 아니기 때문인지 초점이 흔들린 사진도 여럿 되었다.

흐릿한 사진들도 있어 사진 속 인물들을 알아보기 힘든 사진도 있었다.

사진 속 인물들은 다들 처음 보는 인물들이었다. 마지막

한 장을 살펴볼 때였다.

선글라스를 쓰고 있는 인물이 무척 낯이 익었다.

문제는 사진이 정면의 모습을 찍은 것이 아니라 옆모습만 찍혀 있었고, 선명하지 못하다는 것이다.

"이자를 어디서 본 것 같은데."

사진이 좀 더 선명했다면 확실히 알 수 있을 것만 같았다.

"이자가 사진 속 인물들을 이끄는 것 같다고 합니다."

"안톤에게 이자에 대한 좀 더 정확한 사진을 요청해. 프라하의 작전은 어떻게 되어가고 있나?"

"오늘 밤 작전을 진행할 예정입니다. 코사크 타격대가 모두 대기 중입니다."

"실수 없이 진행해."

"예, 빈틈없이 진행하고 있습니다. 체코 정보부의 인물들도 포섭했기 때문에 뒤탈은 없을 것입니다."

"좋아, 안톤이 좋은 소식을 가져오지 않으면 곧바로 그로즈니 작전을 진행할 수 있게 코사크에 연락해."

지금의 상황에서는 러시아 정부를 기대할 수 없었다.

내무부 특별수사요원들은 그로즈니에서 철수했고, 내무부 산하 보안부대가 두다예프를 체포하기 위한 작전에 들어간 상황이었다.

다음 주 내무부 보안부대가 그로즈니로 향할 예정이었다. 하지만 이들은 두다예프를 체포하지 못한 채 괴멸되었다.

"예, 알겠습니다."

루슬란이 나간 후 나는 말라노프를 이끄는 샤샤에게 전화를 넣었다.

─샤샤입니다.

샤샤의 책상에 놓인 3대의 전화 중 붉은색 전화기는 나와 연결된 직통전화였다.

"체첸으로 들어가는 무기루트는 알아봤나?"

─예, 아제르바이잔의 수도 바쿠에서 카스피 해를 통해서 체첸의 마하치카라로 공급되고 있습니다. 그루지야(조지아)는 러시아에 협조하여 무기공급을 차단했습니다. 그리고 이란 쪽에서 체첸 쪽과 접촉을 시도하는 것 같습니다.

이란 또한 카스피 해와 접해 있었다. 더구나 체첸인은 대부분 이슬람교를 신봉했다.

체첸공화국 내 체첸인의 구성비는 95.5%로 체첸은 단일민족으로 구성되었다고 볼 수 있다.

현재 체첸에 거주하는 러시아인은 1.4% 정도였다.

"이란에서는 이슬람 국가가 늘어나는 것이 환영할 만한 일이겠지. 아제르바이잔에서의 무기 공급은 누가 하는 건가?"

―테이무로프 육군 중장의 지시로 이루어지고 있습니다. 아제르바이잔에 보관 중이었던 구소련의 재래식 무기가 체첸으로 흘러들어 가고 있는 것입니다.

"그럼 테이무로프를 만나도록 해. 내가 말을 할 때 언제든지 체첸에 무기 공급이 중단될 수 있도록 말이야. 우리의 요구를 들어주지 않으면 아르메니아에 상당한 군비지원을 하겠다고 전하게. 그리고 무기 공급을 중단하면 그 대가로 룩오일NY에서 아제르바이잔에 투자를 진행하겠다는 말도 함께 전하도록 해."

구소련에서 독립한 아제르바이잔은 1992년 아르메니아와의 국경분쟁이 촉발돼 나고르노 카라바흐 전쟁으로 이어졌고, 아제르바이잔은 전 국토의 20%를 잃었다. 그로 인해 1백만 명의 난민이 발생했다.

지금도 두 나라의 충돌은 계속되고 있었다.

양측은 어려운 경제 상황에서 벌어진 2년간의 전쟁으로 인해 더욱 경제가 피폐해졌다.

아제르바이잔은 석유와 천연가스가 풍부한 코카서스 지역의 산유국이다.

―예, 그렇게 하겠습니다.

샤샤가 관리하는 말라노프는 무기거래사업에 집중하고 있었다. 나의 후원으로 인해서 말라노프의 무기거래사업은 무섭게 성장하고 있었다.

체첸에 대한 무기 공급이 중단되면 러시아에 대한 체첸의 저항은 상당한 어려움을 겪게 된다.

나는 체첸에 공급되고 있는 무기 공급처들을 하나둘 차단하고 있었다.

이것은 러시아와 전쟁을 앞둔 두다예프를 압박할 수 있는 강력한 카드였다.

*　　　*　　　*

두다예프 대통령은 앞에 놓인 차를 마시며 제임스와 대화를 나누고 있었다.

"표도르 강이 나를 만나고 싶어 한다는군."

두다예프의 말에 제임스의 눈이 커졌다.

"놈이 이곳으로 온다는 이야기입니까?"

"아직 그에게 대답을 하지 않았네. 한데 표도르 강이 상당히 구미가 당기는 조건을 제시하더군."

찻잔을 내려놓은 두다예프는 제임스를 바라보며 말했다.

'후후! 욕심을 차리겠다. 그럼 그렇게 해주지…….'

"놈이 제시한 어떤 것보다 더 많은 것을 제공하겠습니다. 이것은 스위스 비밀계좌의 번호와 비밀번호입니다. 2천만 달러가 들었습니다. 놈을 제거하는 순간 두 배의 금액이 이 계좌로 입금될 것입니다."

제임스는 기다렸다는 듯이 자신의 품에서 숫자가 적힌 종이를 꺼냈다.

이미 제임스는 두다예프에게 별도로 2백만 달러를 주었다.

"하하하! 역시 자넨 배포가 커. 며칠 안에 원하는 것을 얻을 수 있을 것이네."

만족스러운 웃음소리와 함께 뱉어내는 두다예프의 말에 제임스 또한 입가에 커다란 미소를 지었다.

체코 프라하의 한 건물 주변으로 코사크 타격대가 진입 준비를 하고 있었다.

이들은 모두 체코 경찰특공대의 복장을 하고 있었다.

건물 주변의 도로들도 체코 경찰복을 입은 정보팀들이 통제하고 있었다.

"건물에는 몇 명이나 있나?"

이들을 이끌고 있는 일린이 물었다.

"모두 12명입니다."

"좋아, 타격대가 놈들을 해치우면 정보팀이 서류를 챙긴다. 저격팀은 준비됐나?"

"예, 세 곳에서 자리를 잡고 있습니다."

"정확히 23시 30분에 작전을 시작한다. 작전 시간은 15분 뿐이다. 작전이 끝나면 모두 프라하공항으로 향해 준비된 수송기에 오른다."

일린은 무전기로 대기 중인 코사크 타격대에게 작전상황을 전달했다.

코사크 정보팀은 별도로 움직였다.

타격대 2팀 또한 로보코포레이션의 대표인 로메오가 거주하는 건물을 포위하고 있었다.

＊　　　＊　　　＊

"지금쯤 프라하에서 작전이 시작되었겠네요?"

벽에 걸려 있는 시계가 밤 11시 50분을 지나고 있었다.

"일린이라면 잘해낼 것입니다. 지금까지 실패한 작전이 없었으니까요."

김만철의 말처럼 일린은 러시아군에 있을 때나 코사크에서 진행된 작전에서 단 한 번도 실패를 겪지 않았다.

"후! 생각지도 못한 일로 인해서 한국으로 들어가지 못하네요."

일정대로라면 한국에서 진행된 사업들을 돌아본 다음 미국을 거쳐 자이르공화국으로 다시 들어갈 생각이었다.

"능력 있는 친구들이 회사를 맡고 있는데 뭘 걱정하십니까?"

김만철의 말처럼 닉스홀딩스 산하에 있는 회사들 모두 원활하게 돌아갔다.

각각의 회사를 맡고 있는 대표들에게 상당한 재량권을 주었다. 재벌 총수가 모든 의사결정권을 가지고 있는 지금의 시대에서 닉스홀딩스는 달랐다.

회사의 중요한 상황의 아니라면 인사권과 일정 규모의 투자권까지 대표들에게 일임했고, 그들은 자신들의 판단하에 일을 진행했다.

"후후! 그렇게요. 한국의 직원들 덕분에 마음껏 세계를 돌아다니고 있는데."

그때였다.

뜨르릉! 뜨르릉!

테이블에 놓인 전화기가 울렸다.

"여보세요?"

─작전이 성공했습니다. 대원들 모두 공항으로 향하고 있습니다.

코사크 정보부를 이끄는 보리스의 전화였다.

"수고했어. 부상자는 없나?"

─예, 모두 무사합니다. 그리고 체첸의 그로즈니에 입국

한 놈들 모두가 외로운 늑대들에 속한 용병들입니다. 놈들이 또다시 회장님을 타깃으로 삼은 것 같습니다.

코사크에게 당한 외로운 늑대들이 다시금 움직이라고는 예상치 못했다.

"의뢰자는 알아냈나?"

—이름만 알 수 있었습니다. 의뢰자는 제임스라고 합니다.

'혹시……? 그는 죽었는데…….'

"제임스! 확실한 건가?"

보리스의 말에 내 목소리가 커졌다. 순간 내가 알고 있는 제임스라는 이름과 겹쳐졌다.

—예, 로메오의 입에서 나온 말입니다.

"알겠네. 대원들이 모두 무사히 돌아오도록 신경을 쓰게."

—예, 자세한 보고는 내일 드리겠습니다.

수화기를 내려놓자마자 안톤이 보내온 사진을 다시 확인했다.

분명 낯설지 않은 모습이 이유가 있었다.

"제임스가 모든 걸 계획했군."

모스크바에서 교통사고로 사망했던 제임스는 죽지 않고 살아 있었다.

다음 날 체첸의 두다예프에게서 만나자는 연락이 왔다. 내가 제시했던 협력방안과 룩오일NY 직원들에 대한 석방에 대해 논의를 하자는 것이었다.

하지만 장소가 문제였다.

제삼의 장소인 세베르나야오세티야공화국의 수도인 블라디캅카스에서 만나자고 제의했지만, 두다예프는 체첸의 그로즈니를 고집했다.

"회장님을 제거하기 위해 확실하게 함정을 파겠다는 것입니다."

보리스의 보고를 듣자마자 김만철이 말했다.

"예, 지금까지 드러난 정보를 바탕으로 분석한 결과 100% 회장님을 노리고 있습니다. 그로즈니에 들어가시면 안 됩니다."

보리스 또한 김만철의 말에 동조하며 말했다. 이번 프라하작전을 통해서 모든 것이 명백하게 드러났다.

"음, 문제는 회담 제의를 내가 먼저 했고, 직원들이 볼모로 잡혀 있다는 것입니다."

"코사크 타격대가 함께 하더라도 공항이 확보되지 않으면 육로로는 빠져나올 수 없습니다. 더구나 체첸 방위군은 공대공미사일을 가지고 있습니다."

보리스의 말처럼 그로즈니공항을 확보하지 못한다면 제임스가 파놓은 함정에 그대로 들어가는 꼴이었다.

더구나 그로즈니 경찰청에 갇혀 있는 직원들도 빼내야만 했다.

자칫 코사크 대원들 모두가 위험해 빠질 수도 있는 일이었다.

그렇다고 갇혀 있는 직원들을 내버려 둘 수도 없었다. 시간이 흐를수록 직원들의 신변에 이상이 생길 수 있었다.

"문제가 심각해. 놈들은 분명 직원들을 가만두지 않을 거야."

이것도 저것도 할 수 없는 딜레마였다.

"두다예프와 용병들 사이를 이간질하게 하시지요."

잠자코 이야기를 듣고 있던 티토브 정의 말이었다.

"어떻게 말이야?"

김만철이 궁금한 듯 물었다.

"두다예프를 외로운 늑대들이 죽이게끔 만드는 것입니다. 물론 두다예프의 제거는 저희가 해야겠지만요."

"일을 꾸미자는 말인가요?"

"예, 두다예프를 제거하지 않으면 앞으로 이러한 일이 계속될 수 있습니다. 차라리 이참에 놈을 제거하시지요."

내 목숨을 노리고 있어서인지 티토브 정은 강경했다.

한편으로 그로즈니를 통과하는 파이프라인이 온전하려면 전쟁으로 치닫는 지금의 상황이 변화되어야만 했다.

두다예프는 러시아와 전쟁을 치르더라도 체첸의 독립을 주장하는 강경파였다.

더구나 내 목숨을 노리기 위해 제임스와 손을 잡고 있었다.

"어떻게 말입니까?"

보리스가 물었다.

"제가 그로즈니로 들어가겠습니다. 제 특기를 발휘해야지요."

티토브 정의 과거는 비밀에 싸여 있었지만, 그가 했던 일은 짐작을 할 수 있었다.

"위험하지 않겠습니까?"

"오히려 혼자서 움직이면 위험하지 않습니다."

티토브 정은 자신감을 드러냈다. 그의 말처럼 티토브 정에게 위험을 가할 만한 인물은 찾기가 쉽지 않았다.

"지금 상황에서는 정 차장의 계획이 가장 확실할 수 있을 것 같습니다."

김만철도 티토브 정의 말에 동조했다.

"음, 그럼 구체적인 계획을 수립해 보지요. 직원들의 안전을 확보해야 하니까요."

나의 말에 방에 모였던 사람들이 갖고 있던 생각들을 하나둘 꺼내놓았다.

*　　　　*　　　　*

"하하하! 표도르 강이 그로즈니에 온다고 연락을 해왔습니다."

"하하하! 정말 잘되었습니다. 솔직히 놈이 순순히 이곳으로 올지는 몰랐습니다. 언제입니까?"

두다예프의 말에 제임스 또한 큰 소리로 웃음을 지었다.

"5일 날입니다."

"5일이면 이틀 남았군요."

"표도르 강을 어디서 제거할 것입니까?"

"회담이 열리는 아레나호텔로 향하는 길목에서 놈을 잡을 계획입니다. 작전에 대한 구체적인 계획을 비서실장에게 보내겠습니다."

그로즈니공항에서 가까운 호텔이었다. 제임스는 이미 두다예프와 표도르 강의 회담 장소까지 정해놓고 있었다.

제임스와 용병들은 표도르 강을 제거한 후 곧바로 체첸을 떠날 계획이었다.

현재 표도르 강이 러시아에서 어떤 위치에 있는 잘 알고 있는 제임스였다. 자칫 이곳에서 머뭇거렸다가는 러시아에 의해서 발목을 잡힐 수 있었다.

이들은 곧장 그로즈니에서 아르메니아의 예레반을 거쳐 이라크의 바그다드로 향할 계획이었다.

"기회는 단 한 번이라는 것을 명심해야 합니다."

"물론입니다. 절대로 표도르 강은 살아서는 이곳을 빠져 나갈 수 없을 것입니다."

제임스는 자신 있었다.

표도르 강이 경호원들을 얼마나 데리고 올지는 몰라도 이곳은 체첸이었다.

*   *   *

코사크 정보부와 러시아의 연방방첩국(FSK)을 총동원했다. 한편으로 체첸의 독립반대파는 물론이고 안톤이 이끄는 얄리조직도 정보수집에 동원되었다.

또한 정보를 얻기 위해 적잖은 돈을 풀었다.

그 결과 퍼즐을 맞추듯이 하나둘 정보가 입수되었다.

제임스와 용병들이 머무는 위치와 두다예프와의 회담 장소가 이례적으로 대통령궁이 아닌 아레나 호텔로 정해졌는 지도 말이다.

"저희가 습격을 한다고 가정한다면 호텔로 향하는 이 장소가 최적입니다."

정밀지도와 함께 아레나 호텔로 향하는 주변의 사진들을 가리키며 보리스 실장이 보고를 진행했다.

"음, 완전히 양쪽에서 노출될 수밖에 없겠어. 저격하기에도 좋은 장소들이 많고."

김만철도 보리스의 말에 동조하듯 고개를 끄떡이며 말했다.

위성에서 찍은 사진들에도 최적의 습격 장소라는 것을 명확히 알 수 있었다.

"말씀하신 대로 저격수들이 상당수 배치될 것입니다. 더구나 코너를 돌 때 양쪽 건물 위에서 RPG—7 대전차 로켓포로 공격을 가하면 속수무책으로 당할 수밖에 없습니다. 경호상 최악의 조건을 갖춘 지역입니다."

RPG—7 대전차 로켓포는 체첸에서 쉽게 구할 수 있는 무기였다.

"또한 입수한 정보에는 회장님을 공격한 것이 두다예프를 습격하려고 했던 반독립파의 소행이라고 발표할 것이라고 합니다."

"음, 그렇게 되면 러시아의 움직임에도 제동이 걸리겠지. 우리의 대응책은?"

제임스는 그로즈니에서 나를 잡기 위한 덫을 치밀하게 준비하고 있었다.

"우선적으로 그로즈니공항을 확보할 것입니다. 그로즈 니 경찰청에 갇힌 직원들은⋯⋯."

상황실에 모인 모든 사람이 보리스의 설명에 귀를 기울 였다.

＊　　　＊　　　＊

제임스와 외로운 늑대들은 이른 아침부터 무기들을 점검 했다.

"놈을 제일 먼저 잡는 인물에게는 백만 달러를 줄 것이다."

휘이익!

와우!

제임스의 말에 출발지에 모인 용병들이 휘파람과 환호성 을 내질렀다.

"자! 모두 출발한다."

제임스의 말에 용병들은 수십 대의 차량에 올라탔다.

용병들을 태운 차량들이 하나둘 목적지로 떠나는 모습을 바라보는 제임스 곁으로 한 남자가 다가왔다.

미국에서부터 제임스와 함께한 요원이었다.

"프라하와 연락이 되질 않습니다."

"음, 무슨 일이 생긴 것 같은데……. 지금은 표도르 강을 잡는 데 집중해."

"알겠습니다. 출발하시지요."

사내의 말에 제임스는 자신의 차에 올라탔다. 오늘 반드시 표도르 강의 목숨을 취해야만 했다.

'놈을 죽이지 못하면 내가 죽는다.'

목적지로 향하는 제임스는 입을 앙다물었다.

체첸의 수도 그로즈니 시내는 평소보다 많은 경찰들이 배치되어 있었다.

또한 무장한 방위군들도 요소요소에 자리를 잡고 있었다.

특히나 아레나 호텔로 향하는 길목마다 병력이 집중적으로 배치되어 있었다.

하지만 경찰 복장을 하고 있는 인물 중 상당수가 체첸인들과는 외모가 달랐다. 무기 또한 권총이 아닌 자동소총을 지니고 있었다.

그들 모두가 제임스가 고용한 외로운 늑대들이었다.

이백 명에 달하는 용병들이 체첸 경찰들과 섞여 있어 용병들만을 골라내기는 어려웠다.

약속한 시간이 되자 두다예프 대통령은 대통령궁을 떠나

회담 장소인 아레나호텔로 향했다.

십여 대의 차량이 두다예프가 탄 차의 앞뒤를 호위하며
달렸다.

모든 것이 제임스가 계획한 대로 흘러가고 있었다.

구름 한 점 없는 맑은 하늘에 두 대의 수송기가 나란히
그로즈니로 향하고 있었다.

"5분 후에 그로즈니공항에 도착합니다."

프라하에서 돌아온 일린의 보고였다.

나는 평소 이용하던 자가용 비행기를 이용하지 않았다.
두 대의 수송기에는 중무장한 120명의 코사크 타격대가 타
고 있었다.

그리고 수송기 아래로는 MI—24 하인드 공격헬기 세 대
와 수송헬기 일곱 대가 곡예비행 하듯이 지상에서 얼마 떨
어지지 않은 상태로 뒤따르고 있었다.

Chapter 6

아레나 호텔로 향하는 길목에 위치한 7층 건물 옥상에 두 명의 용병이 저격용 소총을 점검하며 이야기를 나누고 있었다.

"코너를 돌자마자 대전차 로켓포 공격이 시작될 거야. 그러면 놈이 탑승한 차가 방탄차라도 밖으로 나올 수밖에 없겠지."

"표도르 강은 알파와 브라보팀이 아닌 우리가 꼭 잡아야 해."

주변 건물에도 2개의 저격팀이 준비하고 있었다.

"그걸 말이라고 해. 백만 달러를 우리가 가져가야지."

그때였다.

치이익!

무전기에서 신호가 들려왔다.

―두다예프 대통령이 지나간다. 오해받는 행동은 하지 마라.

회담장인 아레나 호텔로 가려면 꼭 지나야 하는 길이었다.

"찰리 오버."

―알파 오버.

―브라보 오버.

―델타 오버.

무전기에서 각자 위치를 잡고 있는 용병들의 대답이 이어졌다.

그 순간 7층 옥상에 있는 두 명의 용병 뒤로 그림자 하나가 빠르게 접근했다.

"오십만 달러를 받으면 어디에 사용할 거야?"

용병 하나가 저격 소총에 달린 저격용 스코프를 들여다보며 말을 건넸지만, 옆에 있는 동료에게서 답이 없었다.

찰리팀은 둘 중 하나의 총에 표도르 강이 쓰러지면 백만 달러를 나눠 갖기로 했다.

"조쉬, 뭘 할 거냐고?"

저격용 스코프에서 눈을 떼며 옆을 돌아보는 순간 낯선 사내가 자신을 보며 웃고 있었다.

자신의 파트너인 조쉬는 고개를 숙인 채 미동조차 하지 않았다.

용병이 재빨리 옆에 놓인 소총을 집어 들려는 순간 목덜미 쪽이 따끔했다.

그러자 순식간에 몸에 마비가 왔다. 입을 벌려 소리를 지르려고 했지만, 목구멍 너머로 소리가 나오지 않았다.

"조금 있으면 몸을 움직일 수 있을 거야."

용병을 공격한 인물은 다름 아닌 티토브 정이었다. 그는 용병들처럼 경찰복을 입고 있었다.

"자, 내 일을 좀 도와주라고."

티토브 정은 몸이 마비된 용병의 손을 붙잡고는 방금까지 용병이 만지고 있던 저격 소총을 부여잡게 했다.

용병은 멀뚱히 티토브 정이 하는 행동을 바라보고만 있을 뿐이었다.

용병은 아래쪽을 지나갈 두다예프 대통령이 탄 차량을 노리는 자세가 되었다.

"자, 이제 우리 둘이서 두다예프를 잡아보자고."

티토브 정은 정신을 잃어버린 조쉬의 저격 소총을 집어

들었다.

용병은 그제야 티토브 정이 무엇을 하려는지 알아챘다.

티토브 정의 말에 용병은 눈이 커질 대로 커지며 핏발까지 섰다. 어떻게든 몸을 움직이려고 했지만, 몸은 말을 듣지 않았다.

"조급해하지 말라고. 5분 정도 지나면 움직일 수 있을 거야. 먹잇감이 오고 있군."

티토브 정은 저격 소총에 달린 스코프로 두다예프가 탄 차량을 보고 있었다.

두다예프는 군용 지프를 선호했고, 그가 탄 차량은 방탄차가 아니었다.

그로즈니에서 두다예프를 향해 총을 겨눌 수 있는 인물은 없었다. 그건 곧 자살행위였기 때문이다.

'안 돼!'

용병은 지금의 상황이 믿기지 않았다. 만약 두다예프가 사망하면 자신은 물론 외로운 늑대들 전부가 살아서는 그로즈니를 빠져나갈 수 없을 것이다.

치이익!

무전기에서 연락이 들려왔다.

─찰리, 총구를 돌려라.

옥상에서 아래로 저격 소총이 겨누어지자 무전이 들어온

것이다.

"이미 늦었어."

탕!

정적을 깨는 소리가 주변에 울렸다.

두다예프가 탄 차량이 막 코너를 돌 때였다.

픽!

유리창이 박살이 나며 뒤쪽에 타고 있던 두다예프의 머리가 뒤로 꺾였다.

ㅡ찰리! 무슨 짓을 한 거야?

무전기에 들려오는 소리와 상관없이 티토브 정은 옆에 놓인 자동소총을 들고는 두다예프의 차량에 다시금 총알 세례를 퍼부었다.

타타다닷탕!

그것이 시발점이었다.

두다예프의 경호원들과 길가에 있던 체첸의 경찰들이 용병들을 공격하기 시작했다.

갑작스러운 공격에 용병들도 자신을 방어하기 위해 총을 쏘았다.

거리는 순식간에 아수라장으로 변해 버렸다.

"두다예프를 쏜 놈을 잡아! 놈을 놓치면 여기가 우리의 무덤이 돼!"

그는 큰 소리로 자신과 함께 있던 외로운 늑대들을 이끄는 리더에게 소리쳤다.

그러자 다섯 명의 인물이 부리나케 티토브 정이 있던 건물로 내달렸다.

"뭐가 잘못된 거지."

제임스는 지금의 상황이 도저히 믿기지 않았다. 조금 전 표도르 강이 그로즈니공항에 도착했다는 소식을 듣던 참이었다.

"우선 자리를 피해야 할 것 같습니다."

미국에서부터 함께한 피터가 제임스에게 말했다. 이미 용병들은 제임스의 통제를 벗어난 상황이었다.

─파파! 지시를 내려달라. 타타다탕!

─여기는 에코! 퇴로가 막혔다. 아악!

무전기에 들려오는 총소리와 비명이 지금의 상황을 말해 주고 있었다.

무전기를 잡고 있는 용병이 제임스를 바라보았다.

"공항으로 후퇴해."

방법이 없었다. 용병 모두가 살아남기 위해서 전투를 벌이고 있었다.

─파파가 전한다. 공항으로 퇴각하라.

지시가 떨어지자마자 제임스와 일행은 지휘부로 쓰고 있던 건물을 벗어났다.

제임스는 자신이 지시한 거와는 달리 공항으로 향하지 않았다.

공항에 도착했지만 우리는 비행기에서 내릴 수가 없었다. 그로즈니공항 관계자가 비행기에서 대기해 달라는 연락을 취해왔다.

"하하하! 정 차창이 성공한 것 같습니다."

김만철은 기분 좋은 웃음을 지었다.

아직 티토브 정에게서 연락이 들어오지 않았지만, 공항에 주둔 중인 체첸 방위군이 다급하게 시내로 들어가는 모습이 눈에 들어왔다.

"그럼, 2단계 작전으로 넘어가야죠."

그때 무전이 들어왔다.

—시내에서 교전이 벌어지고 있다고 합니다.

"확실하네요. 2단계 작전을 진행하십시오."

내 말이 떨어지자 일린이 무전기를 들었다.

—콘스탄틴 작전을 수행한다. 올가와 파벨은 목표물로 향해라.

올가와 파벨은 수송기를 뒤따라온 하인드 공격 헬기와

수송 헬기였다.

"자, 우리도 시작합시다."

내 말이 떨어지자 두 대의 수송기가 관제탑 쪽으로 움직이기 시작했다.

현재 그로즈니공항에는 십여 명의 경찰들뿐이었다.

수송기가 움직이자 관제탑에서 대기하라는 무전이 들어왔다.

하지만 수송기 조종사들은 관제사의 말에 따르지 않았다.

관제탑 근처까지 도달하자마자 수송기의 모든 문이 개방되었다.

문이 열리자마자 코사크 타격대가 관제탑과 공항 청사로 내달렸다.

그로즈니 경찰청은 텅 비다시피 했다.

평소 백여 명 이상이 자리를 지키고 있었고 수백 명의 경찰이 왕래하던 곳이었지만, 지금은 십여 명뿐이었다.

모두가 아레나 호텔 주변에서 벌어지고 있는 용병들과의 전투에 투입되었다.

간헐적으로 전해오는 소식에 두다예프 대통령이 사망했다는 불길한 말이 전해졌다.

만약 두다예프가 사망했다면 체첸의 운명은 크게 달라질 수 있었다.

경찰청을 지키고 있는 인물 모두가 심각한 표정으로 사방에서 걸려오는 전화를 받고 있었다.

"출동했습니다. 폭도들은 곧 진압될 것입니다."

시간이 갈수록 전투가 심각한 방향으로 흘러가고 있었다. 아레나 호텔 주변에서 점차 그로즈니 시내 전체로 전투가 확대되어 가고 있었다.

외로운 늑대들은 필사적으로 포위망을 뚫으며 공항으로 향했다. 또한 일부는 다른 방향으로 탈출을 감행하고 있었기 때문에 그로즈니에 사는 시민들은 사방에서 들려오는 총소리에 불안할 수밖에 없었다.

"이거 정말 어떻게 돌아가고 있는 거야?"

한 경찰이 신경질적으로 전화기를 내려놓으며 말했다.

"정말로 두다예프 대통령이 죽었다면 러시아가 가만있지 않겠지."

그때 한 인물이 경찰청으로 들었다. 그는 다름 아닌 티토브 정이었다.

"볼코프 안톤을 면회하러 왔습니다."

"볼코프 안톤이라니, 그런 인물은 들어보지 못했는데."

티토브 정을 맞이한 경찰이 수감자 명부를 살피며 말했다.

"이쪽으로 와요. 어젯밤 술집에서 난동을 부리고 갑작스럽게 들어온 친구야. 미처 서류에 기재하지 못했어."

그때 반대편에 앉아 있던 경찰이 자리에서 일어나며 말했다.

"그래, 별거 아니면 빨리 처리해 버려."

경찰의 말이 끝나자마자 책상에 놓인 전화벨이 급하게 울렸다.

따르르릉! 따르르릉!

"여보세요. 출동하고 있습니……."

전화를 받는 경찰은 티토브 정에게 반대편 경찰을 따라가라고 손짓했다.

티토브 정은 미하일이라고 자신을 소개한 경찰을 따라 유치장이 있는 지하로 내려갔다.

"혼자서 온 것입니까?"

"예, 5분 뒤에 이곳으로 헬리콥터가 올 것입니다. 가족들은 어디 있습니까?"

티토브 정은 미하일의 말에 시계를 보며 말했다.

"주차장에 대기하고 있습니다."

"그럼 가족들을 데리고 옥상으로 가십시오."

우리에게 협력했던 경찰은 신변의 안전을 위해서 가족들

과 함께 체첸을 탈출하기로 했다.

"이 열쇠가 입구를 여는 열쇠입니다. 안에 있는 친구가 수감 열쇠를 가지고 있습니다. 혼자서 가능하시겠습니까?"

"물론입니다. 걱정하지 마시고 옥상으로 가십시오. 시간이 얼마 없습니다."

"알겠습니다."

열쇠를 건넨 미하일은 티토브 정을 뒤로한 채 주차장으로 향했다.

지하 2층의 철창문을 열고 들어가자 미하일이 말한 대로 경비가 있었다.

"누군데 여길?"

주춤거리면서 의자에서 일어난 인물은 티토브 정을 경계했다.

"룩오일 NY 직원들은 어디 있나?"

당당한 티토브 정의 말에 경비원은 눈치를 살폈다. 유치장은 생각보다 넓었다.

"어디서 오셨습니까?"

"두다에프 대통령을 공격한 무리가 이곳을 습격한다는 정보가 입수되었다. 놈들을 다른 곳으로 옮겨야 한다."

"저기 오른쪽 끝입니다. 한데 그런 연락을 받지 못했는데……."

털썩!

티토브 정의 손이 경비원에게 향하는 순간 그는 말을 끝내지 못한 채 그대로 바닥에 쓰러졌다.

"지금 전해주잖아."

경비원이 앉아 있던 책상 서랍에는 유치장의 열쇠들이 들어 있었다.

수십 개의 열쇠가 있었지만, 다행히도 번호가 적혀 있었다.

오른쪽 끝 유치장 번호는 8번이었다.

8번 유치장에는 4명의 인물이 있었고, 다들 힘없이 고개를 숙이고 있거나 누워 있었다.

덜컹!

유치장 문이 열리는 소리에 모든 인물이 일제히 문 쪽을 쳐다보았다.

"룩오일 NY 직원들이 맞습니까?"

"예, 누구신… 지?"

앞에 있던 직원 중 하나가 경계하듯 되물었다.

"코사크에서 왔습니다. 절 따라오십시오."

티토브 정의 대답이 떨어지자 직원들의 표정이 환하게 바뀌었다.

4명은 티토브 정을 따라나섰다.

그때였다.

"우리도 좀 풀어주십시오!"

옆 감방에서 한 인물이 소리쳤다.

"이분들은 두다예프를 반대하는 분들입니다."

뒤에 있던 룩오일 NY 직원이 말했다.

"자! 알아서 하십시오."

티토브 정은 들고 있던 열쇠 뭉치를 소리친 인물에게 던졌다.

그러고는 빠르게 유치장을 벗어나 옥상으로 향했다.

옥상에는 이미 미하일과 가족들이 올라와 있었다.

"헬리콥터는 오는 것입니까?"

미하일이 걱정하듯이 물을 때였다.

옥상으로 이어지는 반대편 문에서 체첸 경찰 4명이 총을 들고 올라왔다.

"모두 꼼짝 마!"

생각지도 못한 경찰의 등장에 티토브 정도 당황스러웠다.

자동소총을 들고 있는 4명의 경찰이 다가오는 순간, 총소리와 함께 2명의 경찰이 그대로 쓰러졌다.

동료가 당하자 경찰들은 총소리가 들려온 뒤쪽을 바라보았다.

그들이 고개를 돌린 방향에서는 일곱 대의 헬리콥터가 경찰청을 향해 날아오고 있었다.

아레나 호텔 주변은 전쟁터를 방불케 했다.

산전수전 다 겪은 용병들의 전투력은 체첸 경찰이 감당할 수준이 아니었다.

체첸 방위군이 투입되고 나서야 정리를 할 수 있었다.

두다예프 대통령을 비롯한 경호원들, 그리고 함께했던 그의 측근들이 대부분 사망했다.

현장 경호를 지휘하던 경찰청장도 전투에 휘말려 사망했다.

대다수의 외로운 늑대들도 전투 지역을 벗어나지 못하고 전투 중 사망하거나 부상한 채 체포되었다.

나머지 50~60명 정도의 용병들이 그로즈니 시내로 잠입하여 산발적인 전투가 계속 이루어지고 있었다.

체첸공화국를 이끌던 두다예프와 그 측근들이 사망했다는 소식에 독립을 반대하던 의회파가 전면에 나서기 시작했다.

체첸 정국은 알 수 없는 소용돌이 속으로 빠져들어 가고 있었다.

아제르바이잔 국경까지 간신히 빠져나온 제임스 일행은 국경 검문소가 보이는 곳에 잠깐 차를 세웠다.

"이번에도 실패하다니……."

제임스는 허탈했다.

완벽한 함정과 두다예프라는 든든한 후원자까지 등에 업은 상태에서 일이 이렇게 어그러질지 몰랐다.

"표도르 강이 일을 망친 것은 아니겠죠?"

뒤쪽에 소변을 보고 온 피터가 물었다.

"설마 놈이… 후후! 지금 벌어진 일을 놓고 보면 아니라고 부정할 수도 없겠지."

바위에 앉아 허탈한 웃음을 지은 제임스는 지금의 일을 믿을 수가 없었다.

"그러게 좀 더 신중하게 하시지 그랬어요."

"무슨 소리야?"

피터의 말에 뒤를 돌아본 제임스는 놀란 눈이 되었다. 피터가 소음기 총을 꺼내 자신을 겨누고 있었다.

피터는 6년간 제임스의 밑에서 일하던 인물이었다.

"마스터께서 세 번이나 기회를 주었는데. 쯧쯧! 무능하면 생명을 단축하게 되지."

"너… 이건 어쩔 수 없는 일이……."

슝!

털썩!

제임스는 더는 말을 이을 수 없었다.

"변명은 지옥에 가서 하라고."

피터는 제임스의 시체를 뒤로한 채 다시금 차에 올라 국경 검문소로 향했다.

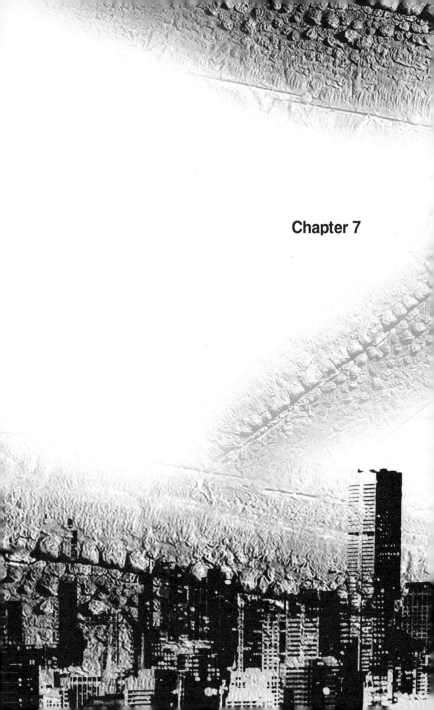

Chapter 7

작전은 대성공이었다.

룩오일NY 직원 모두가 무사히 구출되었다. 작전에 투입되었던 코사크 대원과 타격대도 누구 하나 부상자가 나오지 않았다.

체첸에서 벌어진 작전은 바이노 대통령 비서실장을 통해서 옐친 대통령에게 전달되었다.

평소 두다예프를 잃는 이처럼 여겼던 옐친은 그의 사망 소식에 두 손을 들며 만세를 불렀다고 한다.

옐친은 이번 일로 어려움을 겪은 룩오일NY에 대한 적극적인 보상안을 마련하라는 명령을 내렸다.

한편으로 러시아 정부의 도움 없이 독자적인 작전 수행에 성공한 코사크의 평가가 다시 한번 올라가는 계기가 되었다.

"이야! 정 차창은 정말 일당백이야."

김만철은 이번 작전의 최대 공로자인 티토브 정에게 엄지를 치켜세우며 말했다.

"형님도 충분히 해낼 수 있는 일입니다."

"아니야. 난 정 차장처럼 완벽하게 해낼 수 없었을 거야."

김만철의 말처럼 티토브 정은 연락이 끊긴 상황에서도 시간 안에 맡은 임무를 완벽하게 해냈다.

그가 아니었다면 코사크는 큰 희생을 치렀을지도 모른다.

"정 차장님 덕분에 제 입지가 러시아에서 한층 더 올라갔습니다. 옐친 대통령이 코사크의 독자적인 작전 수행을 보다 확대할 수 있는 법안을 통과시켜 주기로 했습니다."

한마디로 코사크를 위한 법안이었다.

법안이 통과되면 룩오일NY 산하에 있는 기업들과 연관된 일에 코사크는 러시아 정부의 허락 없이도 독자적으로 움직일 수 있었다.

체첸에서 벌어졌던 모든 상황을 사전에 옐친 대통령에게 전달했었다. 정부 관계자 중 적지 않은 인물이 룩오일NY 직원들의 인질 구출 작전에 회의적이었고 반대를 표명했다.

자칫 체첸에서의 작전이 실패하면 러시아와 체첸 사이를 더욱 악화시킬 수 있기 때문이었다.

하지만 구출 작전은 두다예프의 제거라는 놀라운 성과를 이루어냈다.

더구나 두다예프가 끌어들인 용병들에 의해서 본인과 측근들이 사망한 것이기 때문에 그 누구를 원망할 수 없었다.

또한 그 책임 소재를 조사하고 물을 수 있는 두다예프의 핵심 측근들도 사망하고 말았다.

"이젠 우리 직원들을 함부로 납치하거나 위협을 가하는 인물들이 더는 없겠습니다."

"러시아도 껄끄러웠던 두다예프까지 처리한 코사크입니다. 더구나 로보 코퍼레이션도 그 대가를 치렀습니다. 앞으로 우리에게 대항할 세력은 러시아와 동유럽에서는 찾기 힘들 것입니다."

김만철의 말에 자신감 넘치는 말로 답을 해주었다.

외로운 늑대들이 속한 로보 코퍼레이션은 완전히 문을 닫았다.

로메오를 비롯한 로보 코퍼레이션을 이끄는 주요 인물들

이 사라졌기 때문이다.

내전이 벌어지고 있는 유고슬라비아와 북아프리카에 용병들이 남아 있었지만, 그들 모두 낙동강 오리알 신세가 되었다.

현재 코사크 정보부는 체코 프라하에서 가져온 로보 코퍼레이션의 서류와 주요 정보를 분석 중이었다.

이미 분석된 정보를 토대로 로보 코퍼레이션의 자금 흐름을 차단했다. 이 때문에 북아프리카 지부와 동유럽을 비롯한 중동 지부로 전해져야 할 운영 자금이 막혔다.

또한 로메오에게 얻은 비밀 계좌들에 들어 있던 자금을 소빈뱅크로 이전시켰다.

"오히려 이번 인질 사태가 회사의 큰 이익으로 돌아왔습니다. 코사크에 대한 의뢰가 2배 이상 증가하고 있습니다. 그리고 이번 기회에 저희도 언론사를 인수했으면 좋겠습니다. 언론들의 호의적인 보도가 대중들에게 코사크와 룩오일NY에 반감을 크게 누그러뜨렸습니다. 언론사를 거느리게 되면 회사의 홍보는 물론이고 정부 관계자들과 정치인들에게 한층 더 영향력을 확대할 수 있을 것 같습니다."

루슬란 비서실장의 말이었다.

코사크만이 아니었다. 인질 사태를 해결하자 룩오일NY 산하의 기업들에 대한 러시아 국민들의 호감도와 인지도가 한층 더 상승했다.

러시아 언론에서 이번 인질 사태를 심도 있게 다룬 결과였다.

그동안 옐친 정부의 적극적인 도움을 통해 커진 룩오일 NY의 계열 회사들에 대한 반감이 알게 모르게 조성되고 있었다.

특히나 체포권까지 가지게 된 코사크에 대한 우려와 반감이 가장 컸었다.

"언론사라……."

생각하지 못한 거였다.

지금까지 러시아 정부의 호의적인 협조만을 생각했지 러시아 국민들이 가지게 된 상대적 박탈감에서 오는 반기업 정서를 생각하지 못했다.

유독 룩오일NY 산하 기업들의 성장세와 이익이 다른 러시아 기업들보다도 월등히 높았다.

그러한 것들이 쌓이자 룩오일NY에 속한 사람들과 그렇지 못한 사람들 사이에서 오는 반기업 정서가 러시아에서도 생겨나기 시작했다.

러시아 또한 자본주의에서 오는 상대적 부익부 빈익빈(부자일수록 더욱 부자) 현상이 서서히 나타나고 있었다.

"각 기업에서 광고를 진행하는 곳은 몇몇 기업들뿐입니

다. 대중들에게 우리 기업에 대한 정확한 인식을 심어주는 것도 나쁘지 않다고 생각합니다. 러시아 국민에게 이익을 주는 기업이라는 적극적인 모습은 언론을 통해서만 가능합니다."

"좋은 생각이야. 인수 가능한 TV 방송과 신문사를 동시에 알아봐."

루슬란의 말이 옳았다.

룩오일NY 산하의 기업들은 다른 러시아 기업들보다도 적극적으로 지역사회에 이익을 줄 수 있는 일들을 검토하고 진행하고 있었다.

하지만 모든 러시아 국민을 대상으로 하는 것이 아니었기에 이러한 일들에 대한 것을 모르고 있는 러시아 국민들이 대다수였다.

대중 친화적인 기업 홍보가 필요한 시기가 온 것이다.

"알겠습니다."

루슬란은 내 말이 떨어지자 곧바로 인수 가능한 언론사 검토에 들어갔다.

*　　　*　　　*

룩오일NY 직원들의 인질 사태로 인해서 한국으로 돌아

온 것은 예정보다 한 달이 늦어졌다.

중요한 상황들은 팩스나 전화로 처리했지만 내 결재가 필요한 일들은 그럴 수 없었다.

한국의 회사들도 러시아에 못지않게 바쁘게 돌아가고 있었다.

"이눔아, 이제야 집에 오는 거냐? 어디 아픈 데는 없고?"

어머니는 날 보자마자 반가움과 서운함을 동시에 표현하셨다.

회사가 커지고 먹고사는 문제가 해결되자 가족들과 함께하는 시간이 점점 더 줄어들었다.

"예, 죄송해요. 일정에 없던 일이 생겨서요."

수만 명의 직원들을 거느린 재벌 총수였지만 집에 오면 원래의 나로 돌아왔다.

"무슨 일을 하길래 일 년의 반을 외국에 나가야 하는 거냐?"

"외국에 있는 회사가 아직 정착이 안 돼서 그래요. 조금 지나면 나가는 일이 줄어들 거예요. 아버지는요?"

"산에 올라가셨다. 요즘 친구분들하고 자주 산에 올라가셔."

"집 안이 조용하네요. 다들 어디 갔나 봐요?"

내가 온 것을 알면 가인이와 예인이가 부리나케 1층으로 내려왔을 것이다.

송 관장은 요즘 자신의 한계를 뛰어넘기 위해서 백두대
간을 종주하며 수련을 하고 있었다.

"외국에서 친구가 온다던데. 30분 전에 공항으로 마중
나갔어."

"외국에 친구가요? 누가 온다는 거지."

두 사람이 공항으로 마중을 나간다면 보통 친구가 아니
었다.

"소니라 그랬나? 소스라고 했나? 러시아에서 온다고 하
던데."

"아! 소냐요?"

"그래, 소냐라고 한 것 같다."

아버지인 블라노브치가 피격당한 후 한동안 소냐는 아버
지 곁을 지키며 병간호에 힘썼다.

블라노브치가 쓰러진 후 그가 이끄는 캅카스가 한때 세
력이 위축되기도 했지만, 나의 지원으로 이전보다 더욱 단
단한 입지를 극동 지역에 구축했다.

지금은 말라노프와 라리오노프처럼 나의 일을 적극적으
로 돕는 마피아 조직 중의 하나였다.

"이거 집이 시끌벅적하겠는데."

"너도 아는 친구야?"

"예, 러시아에서 사업을 진행할 때 도움을 준 분의 딸이에요. 재작년 한국을 방문했을 때 송 관장님 집에서 3개월 정도 머물렀었어요. 이번에도 몇 개월은 있어야 할 것 같은데요."

"그럼, 우리 집에 있어야겠네."

송 관장의 집은 아직 공사가 끝나지 않았다.

"아마도 그래야 할 것 같아요. 1층에 빈방을 사용하면 될 것 같네요."

"그러면 되겠구나. 네가 도움을 받은 분의 따님이면 대접을 잘해줘야지."

"예, 그래야죠. 먼저 올라가서 좀 씻을게요."

"그래라. 김 부장님도 오셨냐?"

김만철은 옆집에 살고 있었다.

"예, 정 차장도 모두 함께 왔어요."

한국에 오면 티토브 정은 김만철의 집에 머물렀다.

"잘됐네. 송희 엄마가 걱정을 많이 했어. 9월에 온다는 사람이 안 온다고 말이야."

"당분간은 출장이 없을 거예요."

"그래야지. 집에는 가장이 떡하니 버티고 있어야 안심이 되는 거야. 사업도 좋지만, 너무 밖으로만 도는 것도 안 좋아."

"예, 올라갈게요. 밥은 소냐가 오면 같이 먹을게요."

"그래라. 오래간만에 집 안이 왁자지껄하게 되니까 온기가 도는 것 같다. 내 맛있는 것 많이 만들어줄 테니까."

어머니의 온화한 미소를 보며 나는 3층으로 향했다.

2시간 정도 지난 후에 소냐를 마중 나갔던 가인이와 예인이가 돌아왔다.

"어! 언제 온 거야?"

나를 발견한 가인이가 놀란 눈을 하며 말했다.

"온다고 말하지 그랬어. 그러면 마중 나갔었을 텐데."

예인이도 날 보며 반가움을 표했다.

"몇 시간 전에 왔지. 소냐 오랜만이야."

"오! 태수. 정말! 반가워."

소냐는 나를 보자마자 두 팔을 벌리며 나를 안고는 양 볼에 뽀뽀를 했다.

이런 거침없는 소냐의 행동에 엄마의 표정이 바뀌는 것이 보였다.

"하하! 잘 지냈어?"

멋쩍은 웃음을 지으며 날 안고 있는 소냐를 떼어내며 물었다.

"잘 지내지 못했어. 한국에 오고 싶어서 혼났다니까. 태수도 보고 싶었고."

소냐는 띄엄띄엄 열심히 연습한 한국말로 말을 했다. 소냐의 말에 엄마의 표정이 더욱 일그러지셨다.

"태수야, 잠깐 나 좀 보자."

엄마는 갑자기 나를 주방으로 데리고 가셨다.

"너 똑바로 말해야 한다."

"뭘요?"

"너, 사고 쳤냐?"

"무슨 사고요?"

난 엄마의 질문을 바로 알아듣지 못했다.

"저 아가씨가 널 보자마자 볼에다 뽀뽀하고, 널 보고 싶다고 말했잖아. 아무한테나 저러지는 않을 것 아냐. 가인이도 있는데, 외국으로 다니면서 사고만 치고 다니는 거 아니냐고?"

엄마는 무척이나 조마조마한 모습이었다. 며느리로 삼을 가인이가 있는 앞에서 소냐가 거리낌 없이 나에게 애정표현을 하자 무척 놀라신 것 같았다.

"하하하! 아니에요. 러시아에서는 반가움의 표시로 볼에다가 뽀뽀하며 인사를 해요. 저를 보고 싶다는 말도 친구로서 하는 말이에요. 정말 제가 사고 쳤다면 가인이가 가만있겠어요."

"가인이처럼 예쁘고 참한 색싯감이 없어. 엄마 친구들도 다들 가인이 같은 애가 없다고 그래. 네가 사고 치면 내가 가만있지 않아. 알았어?"

엄마는 가인이를 무척이나 마음에 들어 하셨다.

"걱정하지 마세요. 그럴 일은 없을 거니까요. 만약 제가 그런 짓을 저지르면 전 그날로 사망이에요."

"그래야지. 나쁜 짓을 하면 마른하늘에 날벼락을 맞는 거야."

엄마는 내가 하는 말의 의미를 이해하지 못하셨다. 가인이가 얼마나 무서운 여자인지를 말이다.

"예. 어서 가셔서 인사하세요. 우리가 갑자기 자리를 피하니까, 소냐가 당황했을 거예요."

"그래야겠다."

엄마는 부엌에서 나가자마자 웃으면서 소냐에게 반갑게 인사를 건넸다.

넓은 식탁에는 오랜만에 사람들로 가득했다.

식탁에는 엄마와 함께 가인이와 예인이가 준비한 음식들이 한가득 올라와 있었다.

"와! 이걸 다 먹어야 하는 거야?"

소냐는 식탁에 올린 음식들을 보며 놀라는 모습이었다.

스무 가지나 되는 요리들이 식탁 위에 빼곡히 올라와 있었다.

"먹을 만큼만 먹어."

"어, 그렇게."

소녀는 내 말에 고개를 끄덕였다.

"많이 먹어요."

엄마는 아까의 오해 때문인지 소녀에게 미소를 보이며 말했다.

"감사합니다, 어머니."

소녀는 명확한 한국어로 대답했다. 소녀의 한국어 실력이 못 본 사이에 부쩍 늘어 있었다.

웬만한 말은 모두 알아듣는 것 같았다.

"호호! 소녀는 한국말도 잘하고. 얼굴도 미인이야."

"어머니도 미인이세요."

"호호호! 고마워."

엄마는 소녀가 한국말을 하는 것에 무척 재미있어하셨다. 금발의 외국 미녀 입에서 한국말이 술술 나오는 것이 신기하게 보이는 시대이기도 했다.

"공부를 다시 하는 거야?"

소녀의 옆에 앉은 가인이가 물었다.

"어, 중단했던 공부를 다시 하려고. 아빠도 몸이 다 나으

셨어."

"그럼, 한동안 여기서 머물러야겠네."

"1년은 있어야 하니까. 어머니, 아버지 괜찮죠?"

소냐는 당당하게 말했다. 그런 그녀의 모습에 아버지와
엄마는 미소로 화답했다.

"그럼, 괜찮지."

"하하하! 나도 집 안에 사람들이 북적이는 게 좋아요."

"와! 고맙습니다."

소냐는 기뻤는지 두 팔을 들며 만세를 불렀다.

"하여간 삼총사가 다시 뭉쳤으니, 이거 앞으로 볼만하겠
는데."

소냐가 송 관장 집에 머물 때도 세 사람은 무척이나 잘
어울려 다녔었다.

다시금 소냐의 환한 얼굴을 보게 되니 무척 기뻤다.

Chapter 8

닉스홀딩스로 향하기 전, 기초공사를 끝내고 한창 H빔 구조물이 올라가고 있는 건설현장을 찾았다.

이른 아침부터 수많은 공사 차량들이 오가는 닉스홀딩스 본사 공사현장은 바쁘게 돌아가고 있었다.

나는 티토브 정만을 대동한 채 공사현장을 찾았다.

"누굴 찾아 왔습니까? 여기 함부로 들어가면 안 됩니다."

현장 경비를 보는 인물이 날 보며 물었다.

정장을 잘 차려입은 두 인물이 공사장으로 들어가려고 하자 제지를 한 것이다.

"수고가 많습니다. 공사가 잘되어가고 있는지 보려고 왔습니다."

"그러니까, 누굴 만나러 오셨는데요? 물건 팔려고 온 거면 그냥 가세요."

가끔 공사장 사무실에 물건을 팔려고 오는 인물들이 있었다.

"현장 소장님을 만나러 왔습니다."

내 말에 경비원은 날 위아래로 쳐다보기만 했다.

"정말 소장님을 만나러 온 거예요?"

"예, 공사현장도 둘러보고 설명도 좀 들으려고요."

굳이 내가 닉스홀딩스의 회장이라는 말은 하고 싶지 않았다.

"혹시, 날 애먹이는 것 아니죠?"

"하하! 애를 먹이다니요. 제가 아저씨를 애먹일 게 뭐가 있습니까?"

"요새 잡상인 몇몇이 공사장에 허락 없이 들어와서 내가 말을 좀 들었거든."

"보세요. 팔 물건도 없습니다."

난 아무거도 들지 않은 양손을 들어 보이며 말했다.

"알겠습니다. 사무실은 왼쪽에 있습니다."

경비원은 손을 들어 왼편을 가리키며 말했다. 공사현장

사무실로 갈 때였다.

40대로 보이는 한 남자가 공사관계자로 보이는 인물과 실랑이를 벌이고 있었다.

"아니! 인제 와서 저희 제품을 사용하지 않겠다니요. 생산까지 다 해놨습니다."

"아, 그게 저희 소장님이 아시는 쪽에서 납품을 하겠다고 하니까, 저도 어쩔 수가 없네요. 다음에 제가 밀어드릴게요."

"박 과장님, 저희 쪽 제품의 품질이 더 뛰어나지 않습니까? 납품 준비 하라고 해서 초도생산까지 끝냈습니다. 인제 와서 납품이 안 된다면 저흰 어쩌란 말입니까?"

"그게, 미안합니다. 제 손을 이미 떠났습니다. 그러니까 좀 신경을 쓰지 그러셨어요."

박 과장이란 인물은 더는 할 말이 없는지 뒤돌아서서 곧장 사무실 쪽으로 향했다.

그는 날 발견했지만 내가 누구인지 모르는지 사무실로 걸어갔다.

"박 과장님! 박 과장님!"

사내의 외침에도 박 과장은 뒤를 돌아보지 않았다. 박 과장의 그런 모습에 사내는 당황한 빛이 역력했다.

1~2분 정도 사무실 쪽을 바라보던 사내는 결국 축 처진

어깨를 늘어뜨리며 뒤돌아서고 말았다.

나는 그런 사내의 모습에서 아버지가 중첩되어 보였다.

아버지도 작은 공장을 운영하면서 납품 문제로 많은 어려움을 겪어오셨다.

그 때문인지 사내를 외면할 수 없었다.

"저기요!"

사내 쪽으로 걸어가며 그를 불러 세웠다.

"저 말입니까?"

사내는 내 목소리에 뒤를 돌아보며 되물었다.

"예, 저 좀 잠깐 보시죠."

"무슨 일 때문에 그러시죠?

"시간 되시면 잠깐 이야기 좀 나누시지요. 우연히 조금 전의 대화를 들었습니다. 무슨 일인지 알고 싶어서요. 전 닉스홀딩스 직원입니다, 닉스E&C와 연관된 회사라고 보시면 됩니다."

"아! 그러십니까. 여기서는 좀 그러니까, 밖으로 나가시지요."

사내는 나의 말에 표정이 바뀌었다. 마치 지푸라기라도 잡고 싶은 심정인 것 같았다.

"예, 그러시죠."

우리는 공사장에서 얼마 떨어지지 않은 커피숍으로 향했다.

"무슨 일이었습니까?"

커피를 시킨 후에 사내에게 물었다.

"저는 안전모를 생산하고 있습니다. 조금 전 보셨던 공사장에 안전모를 납품하기로 했는데, 갑자기 납품하지 말라는 통보를 받아서요."

사내는 나에게 명함을 건네며 말했다. 이름은 최정호였고, 공사장에서 사용하는 안전시설을 생산하는 중소업체였다.

현재 닉스E&C는 공사 현장에서 착용하고 있는 안전모를 바꾸고 있었다.

기존에 사용했던 안전모가 상당히 불편하고 강도가 약하다는 이야기가 나왔기 때문이었다.

현재 대규모 공사현장에는 현장 관계자가 안전모 구매를 담당하고 있었다.

"계약을 했는데 납품을 하지 말라는 것입니까?"

"후! 그게 우선 제품을 테스트한 후에 구매하겠다고 해서 20개를 샘플로 보냈습니다. 그리고 얼마 뒤 아까 보신 구매 과장이 전화를 해서는 곧 계약을 체결할 테니까, 제품을 생산하라고 했습니다. 이곳 공사장 말고도 다른 현장에도 제품이 들어갈 것이라고 하면서요. 제가 계약서를 작성해야만 생산할 수 있다고 말했었는데, 그러면 다른 곳과 계약을 하겠다고 해서……."

건일산업이라는 작은 중소기업을 운영하는 최정호는 닉스E&C와 같이 큰 건설회사를 놓치고 싶지 않았다.

또한 계약을 하기 위해서 관계자들에게 접대까지 한 상황이었다.

"얼마나 생산하셨는데요?"

"그 말을 믿고 2천7백 개를 생산했습니다. 닉스E&C에서 요구하는 조건이 까다로워서 저희가 새롭게 제품을 개발하다시피 수정했습니다. 계약서를 곧 쓸 줄 알았는데, 갑자기 납품할 수 없다고 하니까요. 물론 제가 계약서도 쓰지 않고서 제품을 생산한 것도 잘못이기는 하지만, 납품을 준비하라고 하는데 하지 않을 수도 없지 않습니까? 더 억울한 것은 저희 제품보다 품질이 떨어지는 제품을 납품받겠다는 것입니다. 가격도 저희보다 천원이 더 비싼데도 말입니다."

최정호는 목이 타는지 종업원이 가져다준 물을 벌컥벌컥 단숨에 마셨다.

"지금 하신 말씀이 정확한 것입니까?"

"물론입니다. 처음 연락을 받고 닉스E&C에 납품을 할 수 있게 되어서 얼마나 기뻤는지 모릅니다."

"생산된 안전모는 판로가 없습니까?"

"그게 시장에 나온 안전모보다 단가가 비싸서요. 제 자랑인지는 모르겠지만, 기존의 안전모 안쪽에는 값싼 스티로폼을 집어넣어서 머리를 보호했습니다. 하지만 저희 제품은 이번에 새롭게 개발한 고무충격흡수제를 안쪽에 넣어서 안전을 강화했습니다. 또한 연질의 부드러운 소재인 머리쿠션패드를 머리고정기 중앙에서 분리해 안전모 자동내피 안쪽에 부착하는 방법으로 한국인의 두상에 완전히 밀착하는 제품을 만들었습니다."

안전모에 대해 잘 알지는 못했지만, 최정호의 말에서 자신이 만든 제품에 대한 자부심을 느낄 수 있었다.

"제품개발비도 들어가셨겠네요?"

"예, 적은 돈이 아니었습니다. 이번 납품이 이루어지지 않으면 회사가 어려워질 수 있습니다. 회사에 잘 좀 말씀해주셔서 생산된 물량이라도 납품할 수 있게 해주십시오. 제품은 정말 국내의 어느 회사 제품보다 우수합니다. 공개적으로 비교 테스트를 하셔도 좋습니다."

최정호의 말에서 모든 것을 느낄 수 있었다.

"알겠습니다. 그러시면 이 주소로 납품하시려고 했던 안전모를 몇 개 보내주십시오. 저희가 한번 제품을 살펴보고 연락을 드리겠습니다."

나는 테이블에 있는 메모지에 닉스홀딩스의 주소를 적어
주었다.

하지만 내가 어떤 위치에 있는지는 말해주지 않았다.

닉스홀딩스로 출근하자마자 감사팀을 호출했다.

오랜만에 출근한 내가 제일 먼저 감사팀을 호출하자 비
서실을 비롯한 회사의 임원직원들이 바짝 긴장하는 눈치였
다.

임준모 감사실장은 급하게 내 방으로 들어왔다.

"본사 건설현장에 대한 납품상태를 우선적으로 점검하십
시오. 특히 공사 안전모에 대한 조사를 철저하게 하시길 바
랍니다."

"예, 알겠습니다. 다른 건설현장은 진행하지 않는 것입니
까?"

"다른 공사장은 닉스E&C 감사팀에서 자체적으로 점검하
도록 할 테니까."

닉스E&C는 이미 대대적으로 각 공사현장에 대한 일제
점검을 진행했었다. 이를 통해서 함바비리, 납품비리와 연
관된 인물들이 대거 퇴사하거나 경찰에 고소되어 조사를
받았다.

"예, 바로 조사에 들어가겠습니다."

임준모 감사실장이 회장실을 나가자 나는 고민에 **빠졌**다.

현재 닉스E&C는 닉스홀딩스 계열사 중에서 가장 **빠르게** 성장을 하는 기업이었다.

그러다 보니 상시 인력을 채용했다. 채용된 인물들에 대한 인사검증을 보강했지만, 북한과 남한에서 벌어지고 있는 공사일정과 연관되어 큰 문제가 아니라면 채용하는 경우가 적지 않았다.

"음, 너무 과도하게 닉스E&C에 일감을 몰아준 것이 아닌지 모르겠어……."

닉스E&C의 성장과 이익을 위해서 무리할 정도로 공사가 몰린 것은 사실이었다.

"김동진 실장을 들어오라고 하세요."

나는 인터폰을 들어 김동진 비서실장을 호출했다.

＊   ＊   ＊

닉스홀딩스 본사 건설현장은 갑자기 들이닥친 본사 감사팀의 등장으로 벌집 쑤셔놓은 분위기였다.

"매입장부가 맞습니까?"

본사 감사실 직원의 말에 담당 직원은 난처한 표정으로

고개를 끄덕였다.

감사팀은 구매와 관련된 장부와 컴퓨터에 들어 있는 자료를 모두 압수했다.

"저희 공사장을 갑자기 감사를 하시는 이유가 뭔지 알 수 있을까요?"

현장 소장인 이덕수는 감사팀장에게 눈치를 보며 물었다.

"회장님의 특별 지시입니다."

"회장님이요?"

이덕수는 무척 놀라는 눈치였다.

"이 자리에서 말씀드리지만, 저희에게 자료를 제출하지 않거나 사후에 문제가 발견되면 즉각적인 파면은 물론이고, 모든 재산상의 손해와 법적인 책임을 물을 것입니다."

감사팀장의 말에 현장 사무실에 있는 직원들의 표정이 일그러졌다.

특히나 한 여직원의 표정이 무척이나 불안해 보였다. 여직원은 자신의 가방에서 뭔가를 꺼낸 뒤 자리에서 일어나 사무실 밖에 있는 화장실로 향했다.

"저희에게 더 하실 말씀은 없으십니까?"

감사팀장의 말에 사무실에 있는 직원들은 아무도 대답을 하지 않았다.

"다 챙겼으면 본사로 들어간다."

일곱 명의 감사실 직원들은 감사팀장의 말에 각자 담당했던 서류들을 박스에 넣고 사무실 밖을 나섰다.

"자, 그럼 수고들 하십시오."

"아, 예."

감사팀장은 이덕수 소장에게 인사를 건넨 후 밖으로 향했다.

"박 과장, 나 좀 봐."

이덕수 소장은 감사팀장이 나가자마자 박영석 과장을 자기 자리로 불렀다.

"문제 될 만한 것은 없지?"

"예, 사무실에는 따로 서류를 두지 않았습니다. 장부는 따로 미스 최가 관리하니까요."

"미스 최는 어디 갔어?"

"바로 전까지 사무실에 있었는데."

박영석은 사무실을 둘러보며 말했다.

현장사무실에 27명의 E&C 직원들이 근무했다.

그때 최영실이 문을 열고 사무실에 들어왔다.

"최영실 씨 어디 갔다 오는 거야?"

박영석 과장은 최영실을 보자마자 큰소리로 물었다.

"아, 예. 화장실에 좀."

박영석의 물음에 최영실은 작은 소리로 대답했다.

"이리 좀 와봐."

"예"

박영석의 손짓에 최영실은 죄지은 사람처럼 소장이 있는 곳으로 걸어갔다.

"잘 보관하고 있지?"

이덕수 소장은 얼굴에 미소를 지으며 최영실에게 물었다.

"예."

"그래, 잘했어. 가서 일 봐요."

"아, 예."

최영실은 이덕수에게 인사를 건넨 후에 자기 자리로 돌아갔다.

"감사실에서 가져간 자료들로는 알 수 없을 것입니다."

"그래야지. 내가 이럴 줄 알고 따로 보관하자고 한 거야. 다들 돈 주겠다고 난리인데 그걸 마다하면 안 되지. 적게 먹고 길게 가면 돼. 공사에 지장을 주는 것도 없는데 말이야."

"예, 맞는 말씀입니다. 저도 소장님 덕분에 마누라에게 큰소리치고 다닙니다."

"하하! 그게 좋은 거야. 당분간은 하청업체들 하고는 외부에서 만나지도 마. 최영실이 관리 잘하고."

"예, 걱정하지 마십시오. 미스 최도 먹은 것이 있으니까, 저희 말을 잘 따를 것입니다."

"그래야지. 하여간 조심하자고."

"예, 업체들에도 입조심하라고 전하겠습니다."

"이번 일 잘 끝나면 내가 어떻게든 차장 달게 해줄게."

"신경 써주셔서 감사합니다."

"그래, 일 봐."

박영석은 이덕수 소장에게 인사를 하고는 자기 자리로 돌아갔다.

갑작스럽게 이덕수 소장이 이곳으로 오지 않았다면 박영석은 집을 장만할 수도 없었을 것이다.

박영석은 처음에는 살짝 망설였지만 협력업체에게 요구를 하지 않아도 알아서 챙겨주는 것을 마다하지 말라는 이덕수의 말에 마음을 바꾸었다.

이전 현장소장인 김성태 소장이 심장병으로 병원에 입원하자 이덕수 소장이 이곳으로 오게 되었다.

이덕수는 현대건설에서 근무했던 인물이었다.

*   *   *

나는 김동진 실장에게 닉스홀딩스 산하 기업들과 연관된 협력업체들을 지원하는 방안을 마련하라고 했다.

또한 각 기업의 임직원들이 협력업체들에 요구하는 압력과 부당한 요구와 대우를 처리하는 협력업체고충처리실을 닉스홀딩스 본사에 새롭게 신설했다.

한마디로 협력업체가 겪는 억울한 인들을 처리하는 곳이었다.

며칠 뒤 건일산업에서 보내온 안전모가 도착했다.

전국 건설현장에서 가져온 안전모와 비교 테스트를 진행했다. 또한 본사 건설현장에 납품하기로 한 업체의 안전모도 테스트했다.

최정호 사장의 말처럼 건일산업에서 새로 개발한 안전모가 가장 우수했고 착용하기에도 편리했다.

본사 건설현장에서 선정한 안전모는 충격흡수제로 사용하는 발포스티로폼의 두께가 규격보다 얇았기 때문에 충격흡수성능이 떨어졌고, 착용감도 좋지 않았다.

"회장님이 말씀하신 대로였습니다. 이덕수 소장과 박영석 과장의 아내와 아들 통장에 상당한 돈들이 입금되었습니다. 입금자들은 본사 공사와 연관된 협력업체 관계자들이었습니다."

임준모 감사실장의 보고였다. 1993년 8월 12일 금융실명

제 이후 차명계좌로 금융거래를 할 수 없게 되었다.

두 사람은 본인의 계좌가 아닌 가족 통장으로 협력업체에게서 돈을 받았던 것이다.

이 두 사람은 내가 계좌추적까지 할 수 있다는 것을 알지 못했다.

며칠 뒤 내부 제보와 함께 확실한 증거를 확보한 본사감사팀은 이덕수 소장과 박영석 과장을 내부비리와 연관하여 즉각적인 파면 조치와 함께 경찰에 고소했다.

또한 두 사람에게 뇌물을 제공한 협력업체들에 대해서도 공사 참여를 중단시켰다.

한편으로 협력업체 과다 정산에 대한 장부 관리를 도맡았던 최영실은 본사감사실에 협조한 점과 두 사람의 협박 때문에 참여한 점을 고려해서 파면 조치 대신 감봉 3개월에 처했다.

또한 건일산업의 안전모를 닉스E&C의 공식전인 안전모로 채택했다.

또다시 공사 비리와 연관된 일이 터지자 닉스E&C의 대표인 박대호는 곤혹스러운 표정으로 날 찾아왔다.

"회장님을 뵐 면목이 없습니다. 모든 것은 저희 잘못입니다."

박대호는 다시금 자리에서 물러나길 원했다. 그는 자신

의 잘못을 회피하지 않는 인물이었다.

난 이러한 박대호의 모습이 마음에 들었고 사표를 반려했다.

"문제가 발생하면 고쳐 나가면 됩니다. 과도기적인 상황에서 너무 과중할 정도로 공사들을 진행한 것이 문제가 된 것 같습니다. 지금 이후로는 공사 진행에 대한 속도와 추가공사를 좀 줄여야겠습니다."

"예, 회사는 이제 충분히 덩치를 키웠다고 생각됩니다. 내부시스템을 다시 한번 점검하겠습니다."

"앞으로 2년간은 내실을 다지는 시기로 잡읍시다. 협력업체에 대한 관리도 더욱 신경을 쓰시고요."

지금 진행하고 있는 공사들만으로도 닉스E&C는 막대한 이익을 발생시키고 있었다.

더구나 러시아에서의 닉스E&C는 러시아 정부의 협력 건설업체로 선정되었다.

러시아 정부와 지방정부에서 진행하는 모든 공사 참여에 우선순위로 참여할 수 있었다.

"예, 다시 한번 심려를 끼쳐 드려 죄송합니다."

박대호는 나에게 다시 한번 고개를 숙인 후, 닉스E&C로 돌아갔다.

닉스E&C는 외부로 드러나지 않은 내부감사를 진행했다.

각 사업장과 협력업체 간의 부조리에 대해서도 장기적인 조사에 들어갔다.

올해 닉스E&C는 모든 것을 털어내고 새롭게 출발하려는 의지였다.

거친 풍랑을 일찌감치 겪는 것도 닉스E&C의 성장에 좋은 밑거름이 될 것이다.

*　　　*　　　*

한동안 살피지 못한 닉스홀딩스 계열사들에 매달렸다.

닉스와 블루오션 그리고 도시락은 별다른 문제없이 높은 성장세와 그에 따른 이익이 내고 있었다.

지명도가 높아진 블루오션은 새로운 신제품을 선보일 때마다 큰 인기를 끌었다.

블루오션은 다른 기업들과 달리 제품 디자인적인 부분에 상당한 투자와 함께 노하우를 가지고 있었다.

무선호출기 제품에 대한 디자인과 색상 그리고 편리성에 있어 국내 시장을 선도했다.

또한 기술적인 부분에서도 다른 업체에 전혀 뒤지지 않았다. 그러다 보니 20대와 30대에서는 전폭적인 지지를 받고 있었다.

중국공장에서 생산되는 전화기들도 중국시장을 빠르게 파고들고 있었다.

명성전자 또한 무선호출기와 컴퓨터의 생산이 지속적으로 늘어나면서 안정적인 성장세를 구가했다.

도시락은 모스크바 현지 공장이 올해 말 완공되면 매출과 이익은 지금보다 3배 정도 늘어날 것이다.

러시아 국민 간식으로 이름을 높이고 있는 도시락라면은 독립국가연합과 동유럽에서도 인기가 높아지고 있었다.

한편으로 신의주 특별행정구에 공급된 도시락라면도 북한에 들어오는 중국의 보따리상인을 통해서 랴오니 성과 헤이룽장 성에서 내몽골 자치구까지 퍼지고 있었다.

아직은 대량구매가 일어나지 않고 있지만, 시간이 갈수록 도시락라면을 찾는 사람들이 많아지고 있었다.

"이야! 이제 조금 숨을 돌리겠네."

닉스에서 올라온 결재서류에 마지막으로 사인한 후에 기지개를 켰다.

닉스의 디자인센터 확장과 인력 충원에 대한 결재서류였다. 닉스 디자인센터는 닉스만의 디자인센터가 아니게 되었다.

닉스홀딩스 계열사의 디자인에도 직접 관여하고 있었다.

블루오션의 무선호출기 개발은 물론이고, 비전전자의 신

규 PC 개발사업에도 디자인센터가 참여했다.

겨울방학을 대비하기 위해서 세련되고 편리성을 강조한 비전-Ⅳ는 기존 컴퓨터 본체의 크기를 20% 줄였다.

가격 측면에서도 기존 비전-Ⅲ 판매가격과 동일했기 때문에 출시되자마자 빠르게 판매가 이루어졌다.

PC의 대중화가 진행되는 시점에서 디자인뿐만 아니라 안정성에도 상당한 공을 들였기 때문에 비전-Ⅳ는 공공기관이나 학교에도 대량으로 납품이 이루어졌다.

더욱이 컴퓨터 관련 학과들을 새롭게 신설한 학교들에서 상당한 주문이 들어오고 있었다.

드르륵! 드르륵!

책상에 올려놓은 삐삐가 요란하게 울렸다.

번호를 보니 가인이었다.

전화기를 들고는 바로 전화를 했다.

"여보세요."

―오늘인 것 알지?

"물론이지 늦지 않고 갈게."

―알았어. 그럼, 고대에서 봐.

10월 15일 오늘은 제18회 대학가요제가 열리는 날이었다. 장소는 올해 처음으로 대학캠퍼스인 고려대학교 노천극장에서 개최되었다.

예인이가 속한 혼성그룹인 블루문이 당당히 예선을 멋지게 통과해 12개 팀이 맞서는 본선에 오른 것이다.

나는 일을 서둘러 마치고는 고려대학교로 향했다.

오후 5시부터 시작되는 대학가요제에는 이른 시간부터 사람들이 몰려들기 시작했다.

인기배우인 이훈과 박소현이 진행을 맡았고 양희은, 김광석, 강산에 등이 공연을 펼칠 예정이었다.

"이야, 사람들이 정말 많네."

약속 장소로 정한 고려대학교 정문부터 사람들로 넘쳐나고 있었다.

최고 인기를 누리고 있는 김건모와 이홍렬, 이병헌도 특별출연하기 때문인지 시간이 갈수록 사람들이 늘어났다.

그나마 다행인 것은 가인이와 소녀의 외모가 눈에 확 띄어서 금방 찾을 수가 있었다.

"빨리빨리 와야지."

가인이가 재촉하듯 말했다.

"태수, 늦었어."

소녀도 많이 기다린 표정이었다.

"미안, 플래카드 좀 찾아오느라고."

나는 플래카드를 들어 보이며 말했다.

"빨리 가자. 앞자리는 이미 앉기 힘들어졌으니까."

"어, 그래"

대학가요제 장소인 노천극장으로 서둘러 향했다.

노천극장은 가요제가 시작되기 전인데도 사람들로 가득했다.

우리는 어렵게 중간에 자리를 잡을 수 있었다.

"예인이가 원래 노래를 잘했어?"

예인이의 노래를 한 번도 들어보지 못했던 소냐는 궁금한 듯 물었다.

"최고야. 아마 오늘 경연에서도 좋은 성적을 낼 거야."

나는 엄지를 치켜들며 말했다. 18회 대학가요제 입상자들은 특별상, 동상, 은상, 금상, 대상으로 나누어진다.

다른 참가자들의 노래를 아직 들어보지 않았지만 내가 생각할 때는 예인이가 속한 블루문은 최소 동상 이상은 받을 것 같았다.

"예인이가 1등 했으면 좋겠다."

"아마, 가능할 거야."

소냐는 내 말에 한껏 기대하고 있었다.

"한데 말이야, 예인이가 만약 상을 받으면 가수로 데뷔할까?"

궁금한 마음에 가인이에게 물었다.

"글쎄, 별다른 말이 없었어. 음악을 같이하는 친구들과 추억을 만들기 위해서 참가하는 거라고 이야기하던데. 내가 볼 때 예인이 성격상 그러지는 않을 거야."

"그러겠지. 나도 그럴 것 같아서."

예인이는 납치사건 이후 많은 변화가 있었다. 조용하고 어딜 나서지 않던 성격도 조금씩 바뀌었다.

시간이 지나자 노천극장을 가득 채운 사람들이 환호성을 질렀다.

사회를 맡은 이훈과 박소현이 등장했기 때문이다.

처음 노래를 부르는 팀은 전주대학교의 아침 산 저녁 바다라는 남녀 중창팀이었다.

'생각해 봐' 라는 노래를 멋진 화음으로 부르며 마쳤지만 맨 먼저 노래를 불러서인지 많이 긴장한 모습이었다.

하나둘 사회자의 호명이 이어지며 본선에 진출한 팀들의 경연이 이어졌다.

하지만 예인이가 속한 블루문은 1부에 속한 6개 팀에 들어 있지 않았다.

"2부에 나오려고 하나 본데."

"그러게, 중간에 노래하는 게 덜 떨릴 텐데"

"나 잠깐 화장실 좀 다녀올게."

"잘 찾아올 수 있겠어?"

"내 반쪽이 있는 곳은 수백만 명이 있는 곳에서도 찾을 수 있어."

"참! 말만 늘었어. 빨리 갔다 와, 나도 오빠가 없으면 허전하니까."

가인이는 내 말이 싫지 않은 표정이었다.

"그래, 빨리 갔다 올게."

1부가 끝나자 나처럼 많은 사람들이 화장실을 가기 위해 자리에서 일어났다.

많은 사람이 몰린 화장실은 상당히 복잡했고 오래 기다린 후에야 볼일을 볼 수 있었다.

"주변에 화장실이 많지 않은 게 문제네."

밖으로 나와 손을 닦으려고 손수건을 꺼낼 때였다.

앞쪽에서 익숙한 얼굴이 걸어왔다. 그녀는 다름 아닌 이수진이었다.

생각지도 못한 그녀의 등장에 난 멀뚱히 그녀를 쳐다보기만 했다.

"잘 지내셨어요?"

그런 날 보며 이수진은 환한 얼굴로 인사를 건네 왔다.

"아, 예. 여기는 어쩐 일이세요?"

"마침 한국에 들어와 있었는데, 예인이에게 연락이 와서요. 대학가요제에 나간다는 말에 저도 응원을 하고 싶더라고요. 태수 씨를 만나기 위해서 온 것은 아니에요."

이수진의 말에 왠지 미안한 마음이 들었다.

예인이와 이수진은 서로 연락처를 알고 있었다.

"혼자 오셨습니까?"

"예, 같이 올 친구가 없네요."

어린 시절부터 미국에서 공부했던 이수진은 국내에는 친구가 거의 없었다.

재벌가의 자녀들 모임에도 이수진은 참석하지 않았다.

'후! 혼자서 계속 응원하라고 할 수도 없고……'

이수진의 말을 듣고 나자 마음이 무거워졌다.

"그럼, 저희랑 같이 응원하시겠어요? 가인이하고 소냐라는 친구랑 같이 왔거든요."

"그래도 되겠어요?"

이수진은 내게 다시 물었다.

"순수하게 응원하는 거잖아요."

"예, 그럼 같이 응원해요."

내 말에 이수진의 얼굴에는 환한 미소가 크게 번져갔다.

자리를 찾아서 돌아오자 2부 행사가 시작되었다. 초대 가수로 온 김광석이 자신의 4집 앨범에 수록된 서른 즈음에를 부르고 있었다.

김광석의 노래를 직접 보고 듣고 있다는 것이 무척이나 기분 좋은 일이었다.

"잘 찾아왔네. 어! 수진 씨 아니에요?"

가인이는 나와 함께 온 이수진을 보며 말했다.

"안녕하세요. 저도 예인이를 응원하러 왔어요. 한데 우연히 태수 씨를 만나서요."

"그랬구나. 여기 앉으세요."

"누구야?"

소냐는 처음 보는 이수진을 보며 물었다.

"어, 예인이 친구야."

나는 예인이를 내세웠다.

"안녕하세요, 저는 태수 친구 소냐예요. 무척 예뻐요."

소냐는 이수진이에게 인사를 건넸다.

"고마워요. 저는 이수진이라고 해요. 소냐 씨도 무척 예쁘시네요. 한국말도 잘하시고요."

이수진은 소냐가 내민 손을 잡으며 말했다.

"고마워요."

두 사람의 말처럼 나와 함께한 여자들의 미모는 눈에 확 띄었다.

더구나 세 사람 다 세련된 옷차림에 키까지 커서 주변 사람들의 시선을 한 몸에 받고 있었다.

내가 잠시 화장실을 간 뒤에도 몇몇 대학생들이 두 사람에게 연락처를 물었다고 했다.

"수진 씨는 언제 한국에 오신 거예요?"

가인이가 자신의 옆에 앉은 이수진에게 물었다. 가인이는 예인이와 달리 이수진에게 말을 놓지 않았다.

"며칠 되지 않았어요. 엄마가 조금 편찮으셔서 뵈러 온 거예요."

"그랬구나. 어머니는 괜찮으세요?"

"예, 많이 좋아지셨어요."

"다행이네요."

두 사람이 이야기를 나누는 동안 김광석의 노래가 끝났다. 초대 가수들의 공연이 끝나자 다시금 경연이 시작되었다.

참가팀은 차례대로 지금껏 닦아온 실력을 뽐냈다. 그리고 마침내 진행자의 입에서 기다리던 블루문의 호명이 들렸다.

"뒤에서 오랫동안 기다린 팀이죠. 11번째 팀입니다. 서울대와 서강대 혼성 그룹 팀인 블루문입니다."

진행자의 외침에 예인이를 포함한 4명의 인물이 등장했다.

단발머리를 한 예인이는 청바지에 닉스프리에서 선보인

붉은색 티를 입고 있었다.

전자기타의 전주가 시작되면서 음악이 시작되었다. 무척이나 세련된 전주였다. 처음 블루문을 접했을 때와는 다른 느낌이었다.

상당한 연습을 한 흔적이 엿보였다.

그러고는 매혹적인 예인이의 목소리가 무대에서 울려 퍼져 나갔다.

그러자 시끄러웠던 노천극장이 예인이의 노래에 서서히 침묵하기 시작했다.

Chapter 9

　예인이의 목소리에는 사람을 끌어들이는 힘이 있었다. 가볍게 읊조리는 듯하면서도 노래에는 힘이 실려 정확하게 귀로 전달되었다.

　애절한 가사와 매력 넘치는 예인이의 감성이 실린 락발라드는 노래를 듣는 청중들의 마음을 파고들었다.

　두 눈을 다 가릴 듯이 내린 머리와 입술에 붉은 립스틱을 칠한 예인이의 미모 또한 눈에 확 들어왔다.

　믿기지 않아요 이게 끝이라니

　그대는 나에게 꿈을 심어주었는데

......

그대의 슬픈 눈을 보면 알 수 있어요.

제발 이별을 설명하려 하지 마세요.

말하지도 마세요. 결국 상처만 줄 뿐이니까.

가슴 아픈 거짓말은 한 번뿐으로 충분해요.

....

마지막 가사와 함께 예인이가 전자기타로 연주를 하며 노래를 끝마치자 관중들은 마법에 걸린 듯 모두가 조용할 뿐이었다.

"훌륭한 연주와 감성이 풍부한 노래였습니다. 멋진 노래를 우리에게 들려준 블루문에게 힘찬 박수를 보내주세요."

"블루문의 '그대라면' 저도 앞으로 무척 좋아할 것 같습니다."

"노래를 부르신 분이 정말 미인이셨죠?"

"이훈 씨가 반하셨나 봐요?"

"예, 저도 앞으로 블루문의 팬이 될 것 같습니다."

진행자의 멘트가 나오자 그제야 관중들은 환호성과 박수를 힘차게 보냈다.

지금까지 나온 어느 출전팀보다도 큰 호응이었다.

지금 당장 가요톱텐에서 정상을 다툴 만한 노래라는 생각이 들었다.

"노래가 정말 좋은데. 누가 만든 거래?"

"예인이하고 리드기타를 치는 친구가 함께 만들었대."

가인이는 내 말에 힘껏 박수를 치며 말했다.

"정말 노래가 좋아요."

말을 하는 이수진의 두 눈은 촉촉하게 젖어 있었다. 마치 자신의 심정을 노래가 대변해 주는 듯한 느낌을 받았기 때문이었다.

"와! 예인이 최고!"

나와 함께 플래카드를 들고 있던 소냐는 껑충껑충 뛰면서 환호성을 질렀다.

그 모습 때문인지 카메라가 소냐를 비추는 것 같았다. 나는 플래카드에 가려 얼굴이 나오지 않았다.

환호성이 가라앉자 마지막 12번팀이 노래를 불렀다. 앞선 블루문이 큰 호응을 받아서인지 마지막 팀은 무척 긴장한 모습이었고 자신들의 실력을 다 보여주지 못했다.

"블루문이 좋은 성적을 거둘 것 같은데."

"지금까지 관객들의 호응이 가장 좋았으니까."

"저도 예인이의 노래가 가장 듣기 좋았어요."

나의 말에 가인이와 이수진이 이구동성으로 말했다. 심사에 앞서 초대를 받은 김건모의 공연이 펼쳐졌다.

큰 인기를 끌었던 핑계를 부르고 나자 출연했던 모든 팀이 긴장한 모습으로 무대 위에 올랐다.

"자! 오래 기다리셨습니다. 제 손에 심사위원들의 심사결과가 전달되었습니다."

진행자의 멘트에 무대에 올라선 출전팀들이 더욱 긴장하는 모습이었다.

"먼저 특별상부터 발표하겠습니다. 특별상! 아침 산 저녁 바다의 생각해 봐!"

"축합니다. 전주대학교 혼성 중창팀인……."

노래에 대한 심사평과 함께 심사에 참여한 심사위원이 상패를 수여했다.

차례대로 동상과 은상 수상팀이 정해졌다. 남은 것은 금상과 대상뿐이었다.

"자! 다음은 금상입니다. 상금 100만 원과 금상 트로피를 수상합니다. 금상! 블루문이 부른 그대라면! 완성된 곡으로서 넘치는 끼와……."

예상했던 거와는 달리 블루문의 대상을 받지 못했다.

예인이가 부른 '그대라면'이라는 곡은 실험 정신과 건강한 메시지를 전달하는 것에 점수를 준다는 대학가요제 취지에 조금은 벗어났다는 점이 있었다.

하지만 곡의 완성도와 함께 연주와 노래가 너무 완벽했기 때문에 금상이 주어진 것이다.

그러나 모든 면에 있어 실질적인 대상감이었다.

대상은 고려대학교의 이한철이 부른 '껍질을 깨고'가 선정되었다.

"예인이가 더 잘 불렀는데."

소냐는 못내 아쉬운 듯 말했다. 그녀의 말처럼 예인이가 부른 노래는 아마추어적인 느낌이 전혀 나지 않았다.

처음 도입부의 기타 솔로와 마지막 예인이가 독주한 기타 솔로는 정말 외국의 유명 기타리스트가 연주한 것 같은 멋진 연주였다.

"너무 잘해서 그런 것 같아. 공연을 했던 기성 가수들보다도 훨씬 나아 보였습니까."

"잘해서 금상을 준 거라고?"

가인이가 내 말에 의구심이 가득한 눈으로 되물었다.

"내가 볼 때는 연주와 노래가 완벽했거든. 대학가요제에 참가한 다른 팀하고는 색깔도 너무 다르고. 그런 면에서 조금은 기성 가수처럼 보였겠지."

"저도 무대에 선 예인이가 너무 달라 보였어요. 이렇게나 노래를 잘 부르는지도 몰랐고요."

이수진은 예인이의 노래에 흠뻑 빠져들었었다. 5분이 조금 넘는 동안 예인이의 애절한 감성과 매력적인 보이스가 사람들의 감정을 흔들어 버렸다.

"그동안 정말 열심히 연습한 것 같아."

"밖에서 연습하고 돌아와서도 지하실에 내려가서 새벽에 나 올라왔으니까."

지하실에는 부모님을 위한 노래방이 설치되어 있었다. 노래방은 방음시설이 되어 있어서 외부로 소음이 퍼져 나가지 않았다.

넓은 노래방은 충분히 기타연주를 할 수 있는 공간이기도 했다.

"대상은 아깝게 놓쳤지만 내가 볼 때는 예인이가 부른 노래가 인기가 더 있을 거야."

"맞아. 예인이 노래가 더 좋아."

"노래가 끝나자마자 저도 다시 듣고 싶어지던데요."

"하긴 내 동생이라는 것을 떠나서 대상 곡보다 훨씬 나았어."

내 말에 함께 응원을 펼친 세 사람은 이구동성으로 예인이의 노래를 칭찬했다.

"어디 가서 축하주 한잔해야지?"

"그야 물론이지. 예인이도 올 거야."

"난 낙지볶음에 소주 먹고 싶어."

소냐는 말이 나오기 무섭게 자신이 먹고 싶은 것을 말했다. 요새 소냐는 매콤한 낙지볶음에 푹 빠져 있었다.

"저도 참석해도 될까요?"

이수진은 우리 세 사람을 조심스럽게 바라보며 말했다.

"그야 물론이죠. 수진 씨도 참석해야죠. 우리 예인이를 위해서 힘든 발걸음을 했는데요."

가인이는 당연하단 듯이 말했다.

"고마워요."

이수진이 살짝 내 눈치를 살피며 말했다. 그녀가 아직까지 나에 대한 감정이 남아 있는지는 알 수 없었다.

"그럼 무교동을 가자. 소냐가 좋아하는 낙지볶음을 실컷 먹을 수 있으니까. 수진 씨는 낙지볶음 괜찮겠어요?"

"예, 괜찮아요."

이수진은 내 말에 고개를 끄덕이며 말했다.

*   *   *

정문호는 대학가요제에 출연한 송예인이 나오는 장면을 녹화한 테이프로 30분째 계속해서 돌려보고 있었다.

"시발, 보면 볼수록 미칠 것 같아. 넌 나만을 위한 천사여야 해."

정문호의 눈은 몽롱한 상태였다. 그의 앞 테이블 위에는 주사기가 놓여 있었다.

정문호는 한동안 끊었던 약을 다시 시작하고 있었다.

송예인을 차지하고 싶은 욕구가 하루하루 지날수록 더욱 커져만 갔다.

그걸 억제하기가 너무나 힘들었다.

그 어떤 여자들도 자신을 만족시킬 수 없었다. 병원에서 퇴원한 후 지금까지 여자들을 만나지 않았고, 잠자리도 갖지 않았다.

그 모든 게 송예인 때문이었다.

"내 천사는 숭고하고 아름다워……. 천사를 가지려면 나도 숭고해져야 해."

약 기운이 온몸으로 퍼져 오르자 TV 화면 속에서 노래를 부르는 송예인이 자신만을 위해서 노래를 부르는 것만 같았다.

그리고 자신에게 속삭이고 있었다.

'날 가져요. 난 문호 씨만을 사랑해요.'

"나도 널 사랑해. 우린 곧 다시 만날 수 있을 거야. 아무도 우릴 갈라놓지 못해……."

소파 뒤로 고개가 완전히 젖혀진 정문호는 계속해서 중얼거리듯 말을 하고 있었다.

"넌 내 거야. 누구도 가질 수 없어……. 천사는 내 거라고……."

약 기운이 온몸으로 퍼져 나갔다.

그러자 한라그룹을 다 주고서라도 송예인을 차지해야 한다는 욕망이 온몸을 사로잡아 갔다.

*　　　*　　　*

무교동의 낙지전문점으로 들어간 우리는 소녀가 원하는 낙지볶음과 산낙지를 주문했다.

외국인이라면 꺼리는 산낙지도 소녀는 거침없이 잘 먹었다.

"음, 산낙지도 맛이 정말 좋아."

"누가 뺏어 먹지 않을 테니까. 천천히 먹어."

입가로 빠져나온 낙지를 다시금 입안으로 넣는 소녀의 모습이 우습기도 했다.

"소녀 씨는 한국사람 같아요. 오히려 제가 산낙지를 먹지 못하는데 말이에요."

이수진은 소녀를 신기하단 듯이 보며 말했다.

"이렇게 맛있는 걸 왜 먹지 못해요."

소녀는 이수진과 영어로 대화를 나누었다.

"제가 좀 비위가 약해서요. 고치려고 하는데, 잘 안 되네요."

이수진은 낙지볶음도 그리 잘 먹지 못하는 것 같았다. 함께 나온 콩나물국만 계속 떠먹고 있었다.

"수진 씨가 먹어보지 않아서 그래요. 소냐 언니도 처음에는 얼굴을 찡그리며 손사래를 쳤으니까요. 한데 지금은 낙지만 외치고 다녀요."

가인이의 말처럼 소냐는 매콤한 낙지볶음의 맛에 푹 빠져 있었다.

"예, 저도 자주 먹어볼게요. 다음에 볼 때는 산낙지도 먹을 수 있게요."

"그런 의미에서 한잔하자, 수진아."

소냐는 이수진의 말에 소주잔을 들었다. 이 자리에 있는 사람 중에서 소냐가 술을 가장 잘 마셨다.

"네, 좋아요."

이수진은 자신에게 친밀감을 보이는 소냐를 좋아하는 눈치였다.

미국에서 공부한 이수진이였기 때문에 소냐의 행동을 부담스럽게 생각하지 않았다.

소냐의 적극적인 행동 때문인지 술을 잘 마시지 않던 이수진도 소주 반병을 비웠다.

우리가 앉은 주변의 사람들은 함께하고 있는 세 여자를 힐끔힐끔 쳐다보기 바빴다.

다들 매력이 넘치고 뛰어난 미모를 자랑하고 있기 때문

이었다.

식당에 들어온 지 1시간이 조금 지났을 때였다. 기다리던 예인이가 연락을 받고 왔다.

가게 안으로 예인이가 들어오자 식당 안이 조금은 술렁이는 것 같았다.

가게의 한쪽 벽에는 TV가 있었고 대학가요제를 계속해서 틀어놓았었다. 아마도 예인이가 노래를 부르는 장면을 본 사람들도 있는 것 같았다.

"정말 멋진 무대였어."

"고마워. 무척 떨렸는데, 멀리서 플래카드를 들고 있는 게 보이더라고. 그게 도움이 됐어."

내 말에 예인이가 웃으면서 답했다.

"고생했어. 난 내가 무대에 올라가 노래 부르는 것 같았다니까. 예인가 노래를 부르는 내내 얼마나 떨렸다고."

쌍둥이 자매라서인지 느끼는 감정이 다른 것 같았다.

"축하해. 난 대상일 줄 알았는데."

"나도 1등이라고 생각했어."

다들 예인이에게 축하의 인사를 건넸다.

"다들 응원해 준 덕분이야. 상은 전혀 생각지도 않았어. 그동안 연습한 것들을 뽐내보자고 한 거지."

"전에 보다도 연주실력이나 노래도 훨씬 늘었던데. 한데 블루문 멤버들을 놔두고 와도 되는 거야?"

"그 친구들하고는 내일 파티를 하기로 했어. 오늘은 우리끼리 마시지 뭐."

"그럼, 예인이도 왔으니까. 우리 거국적으로 한잔하자. 오늘은 5차라도 내가 쏠 테니까."

"좋아. 예인이의 금상을 위하여!"

내 말에 가인이가 화답하고는 소리쳤다.

"위하여!"

다들 잔에 가득 담긴 소주를 입안으로 털어 넣었다.

기분이 좋아서인지 네 사람 모두 쓴 소주에도 찡그리는 사람이 한 명도 없었다.

다들 술을 마다치 않아서인지 소주 한 병이 순식간에 비워졌다.

"대회가 끝나고 나니까, 심사위원들과 방송국 관계자들이 명함을 너도나도 주더라고."

예인이는 호주머니에서 명함을 꺼내놓았다. 예인이의 호주머니에서 나온 명함이 13장이나 되었다.

대학가요제 현장에는 음반회사 관계자들도 많이 참석했었다. 90년대는 음반회사와 음반유통업체들이 활발하게 움직이던 시기였다.

더구나 세계적인 음반유통업체인 타워나 버진, HMV 등이 올해부터 한국시장에 본격적으로 진출하고 있었다.

"다른 팀보다도 예인이가 독보적이었다니까. 그런 걸 관계자들도 안 거지. 근데 가수활동을 앞으로 할 거야?"

난 궁금했던 걸 예인이에게 물어보았다.

"거기까지는 생각해 보지 않았어. 그냥 노래를 부르고 연주를 하는 것이 좋아서 한 거니까. 대학가요제는 멤버들이 꼭 나가보고 싶다고 해서 결정한 거고. 사실 내 성격상 사람들 앞에 나서는 것은 별로라서. 아마, 이번이 마지막일 거야."

"그래, 잘 생각했어. 나도 솔직히 예인이가 하고 싶은 일을 하는 것이 좋지만, 가수는 좀 아닌 것 같아."

가인이는 예인이에게 소주를 따라주며 말했다.

"그럼 앞으로는 뭐 할 건데?"

옆에 앉은 이수진이 물었다.

"아직은 잘 모르겠어. 내년에 사법시험을 보려고 준비를 하는 중이지만, 뭘 해야 할지 뚜렷하게 떠오르지 않아."

"지금처럼 하면 돼. 하고 싶은 일을 하면서 찾아가는 거야. 당장 눈앞에 보이지 않더라도 말이야. 우린 아직 젊고 시간도 우리 편이잖아."

"후후! 그래. 날 응원해 준 여러분께 감사하는 의미에서 1차는 제가 낼게요."

예인이는 내 말에 환한 웃음을 보이며 말했다.

"내가 사기로 했잖아."

"상금을 받아 왔어요."

예인이는 흰 봉투를 가방에서 꺼내며 말했다. 그러고는 애교 있게 말을 이었다.

"2차는 오빠가 근사한 데 데리고 가서 사면 되지."

"알았어. 자, 다 먹었으면 2차로 옮기자. 오늘은 실컷 즐기는 거야."

"당연하지!"

내 말에 소냐가 가장 크게 호응했다.

우리는 자리를 정리한 후에 근처 호텔에 있는 와인바로 향했다.

밤늦게까지 우리 다섯 사람은 즐거운 시간을 보냈고, 자정이 다 되어서야 헤어졌다.

내가 우려했던 거와는 달리 이수진은 별다른 모습을 보이지 않았다.

그리고 다음 날 대학가요제에서 금상을 받은 블루문에 대한 기사가 신문사는 물론이고 TV 방송에도 크게 주목을 받았다.

마치 대상을 받은 이한철이 금상을 수상하고, 블루문이 대상을 받은 것 같은 분위기였다.

그리고 그 중심에는 송예인이 있었다.

하룻밤을 자고 나자 예인이가 부른 '그대라면'이 온종일 라디오와 TV 방송에서 흘러나왔다.

자고 일어나니 스타가 되었다는 말처럼 주말 내내 블루문의 '그대라면'이 온통 방송을 장악하다시피 했다.

대상 곡인 이한철의 '껍질을 깨고'보다 서너 배는 더 많이 라디오에서 노래가 흘러나왔다.

각 라디오 방송 시간 때마다 신청곡이 쇄도했다.

TV 방송에도 블루문의 리드싱어인 송예인에 대해서 집중 조명했다.

이슈를 만드는 것을 좋아하는 방송에서는 서울대 법대에 재학 중인 재원에다가 훤칠한 키와 아름다운 미모까지 갖춘 송예인이에게 관심을 쏟았다.

음악 전문가들도 매력적이고 흔치 않은 보이스와 연주실력을 갖춘 예인이를 칭찬하기 바빴다.

18회 대학가요제의 스타는 블루문의 송예인이었다.

어떻게 알았는지 방송 출연을 요청하는 전화가 집으로 걸려오기 시작했고, 길거리에서도 예인이를 알아보는 사람들이 생겨났다.

연락처를 모르는 기자와 방송 관계자들은 예인이가 다니는 서울대학교를 직접 찾아오기까지 했다.

다행스러운 것은 송 관장의 집이 공사 중이라 현재 예인이가 사는 집을 방송 관계자들이 알지 못해 집으로 찾아오지는 않았다.

"후! 이렇게까지 될지 몰랐어. 집에도 간신히 왔다니까."

아무 생각 없이 학교에 갔던 예인이가 집으로 돌아와서 한숨을 쉬며 말했다.

학교에서 방송 관계자들을 피해서 돌아오는 길에 예인이를 알아본 사람들이 사인을 요청하며 접근을 한 것이다.

"다른 멤버들도 그런데?"

"아니. 다른 사람들은 크게 다른 게 없는 것 같아. 방송 출연을 해달라는 연락만 많이 오고."

가인이의 물음에 예인이는 고개를 저으며 말했다.

"집에도 몇 번 전화가 와서 그런 사람 없다고 했어."

"큰일이네. 난 성가신 게 정말 싫은데."

"방송 출연은 할 거야?"

"멤버들은 하고 싶어하는데, 난 관심 없어. 지금도 이런데 얼굴이 더 알려지면 어쩌려고."

"블루문 멤버들이 뭐라고 하지 않을까?"

"분명히 대학가요제만이라고 못을 박았었어. 그 이후에 어떤 가요제나 방송 출연은 하지 않겠다고 했으니까."

예인이는 본인이 하기 싫다고 여긴 일을 절대 하지 않는 스타일이었다.

"아쉽지는 않아?"

"그냥 속 시원해. 내가 좋아서 하는 일과 인기와 돈을 위해서 노래를 부르는 것은 다르잖아."

"그렇긴 하지. 멤버들하고 잘 상의해. 너하고는 다른 생각들을 하고 있으니까."

"정 안되면 다른 친구를 섭외해서 노래를 부르라고 해야지."

"그래, 좋게 마무리 지어. 밥은 먹었어?"

"먹어야지. 하여간 신경 쓰게 하지 않을게."

"그래, 어서 씻고 와. 오늘은 내가 솜씨를 발휘할 테니까."

"알았어."

예인이는 가인이의 말에 자기 방으로 향했다.

*　　　　*　　　　*

위너뮤직이 자리를 잡은 강남의 태창빌딩에는 송예인이 부른 '그대라면'이 울려 퍼지고 있었다.

음반법 개정으로 인해서 외국 음반업체와 유통업체가 직접 국내에 배급하는 길이 열렸다.

그로 인해 타임워너의 자회사인 위너뮤직을 비롯한 소니뮤직 등 자금력이 탄탄한 외국 유명업체들이 국내 가요시장에 뛰어들기 시작했다.

이들 업체는 국내 기획사나 음반사와 밀접한 관계를 맺고 있는 대형가수를 대신하여 신인과 군소 가수들의 발굴에 주력했다.

"목소리가 매력적이고 한국인에게는 흔치 않은 소울까지 느껴집니다. 한마디로 한번 들으면 계속 듣고 싶은 목소리지요. 요 며칠간 이 노래가 전국 거리에서 울려 퍼지고 있습니다."

워너뮤직의 기획실장인 조상국은 대표인 박지우에게 보고하고 있었다.

"이 친구가 서울대에 다니고 있다고 했나?"

"예, 서울대 전체 수석으로 입학했습니다. 미모도 뛰어나고 키도 170㎝가 넘는 거로 알고 있습니다."

"음, 모든 걸 갖췄군."

"예, 뛰어난 상품성을 지니고 있습니다. 조사한 바로는 기타와 드럼도 수준급 실력이라고 합니다."

"좋아, 어떻게든 계약해. 다른 기획사나 음반제작사도 우리와 같은 생각을 하고 있을 거야. 돈은 상관하지 말고 계약서에 사인을 받아 와. 다른 곳에서 제의할 수 없는 해외진출도 약속해."

박지우는 책상에 놓인 송예인의 사진을 보며 말했다. 박지우가 보고 있는 사진은 블루문이 대학가요제를 신청할 때 제출했던 사진이었다.

"예, 반드시 성사시키겠습니다."

조상국은 박지우의 말에 자신감을 표했다.

국내 음반시장에 공격적인 투자를 진행하고 있는 워너뮤직은 현재 '사랑과 우정 사이'로 두각을 나타낸 피노키오와 탤런트 겸 가수로 활동 중인 손지창이 전속가수로 속해 있었다.

워너뮤직에서 발매한 피노키오의 음반은 40만 장을, 손지창의 '사랑하고 있다는 걸'은 지금까지 60만 장을 팔았다.

현재 한국의 음반시장은 인기가 있는 가수들이 좋은 곡을 들고 나오면 100만 장도 팔리는 시장이었다.

*   *   *

드리트리 김이 한국에 왔다. 한동안 개인적인 일로 회사를 잠시 떠나 있었다.

티토브 정이 데려왔던 인물로 감추어진 실력이 대단한 인물이었다.

"그동안 많은 도움을 주셔서 감사합니다."

드리트리 김의 어머니를 치료할 수 있게 도움을 주었다. 홀어머니 밑에서 생활한 드리트리 김은 어머니의 병간호에 매달렸지만 끝내 병을 이겨내지 못했다.

"같은 식구를 돕는 것은 당연한 일입니다. 잘 돌아왔습니다."

"시키시는 일에 최선을 다하겠습니다."

드리트리 김은 한때 국내에서 흑천을 조사했었다.

"직급은 정 차장과 같이 차장으로 하겠습니다."

"그러시지 않으셔도 됩니다. 제가 회사를 위해 한 일이 없는데요."

드리트리 김은 내 말에 당황한 표정으로 말했다. 그도 그럴 것이 드리트리 김의 첫 직급은 대리였었다.

"앞으로 그동안 못 했던 일들을 하시면 됩니다."

"예, 회장님께서 보여주신 은혜는 반드시 갚겠습니다."

드리트리 김은 고개를 깊숙이 숙이며 말했다. 드리트리 김은 김만철과 티토브 정처럼 나를 수행하며 경호하는 일을 맡았다.

나를 노리는 미지의 세력이 있는 상황에서 드리트리 김 같은 인물이 다시금 합세한 것은 나에게는 큰 힘이었다.

드리트리 김이 회장실을 나간 후에 김동진 실장이 들어왔다.

"임원으로 승진할 대상자들입니다."

각 계열사의 중견간부 중에서 임원으로 올라갈 인물들이었다.

대상자들의 사진과 함께 경력 그리고 회사 발전에 이바지한 내용이 적혀 있었다.

그중 한 명이 닉스의 디자인센터를 맡고 있는 정수진이었다. 현재 센터장이었지만 부장 직급을 달고 있었다.

나는 기쁜 마음으로 사인했다. 정수진의 직급은 닉스홀딩스 산하 계열사 직원들 중 그 누구보다도 빠르게 상승했다.

닉스홀딩스와 닉스, 명성전자, 도시락의 해당자들만 임원으로 승진시켰다.

닉스E&C와 닉스호텔은 보류했다.

"대산에너지의 상황은 어떻습니까?"

결재판을 김동진에게 건네주며 물었다.

대산에너지는 러시아에서의 원유 발견으로 언론에 집중 조명을 받았다.

한편으로 대산에너지의 성공에 자극받은 몇몇 대기업에서 해외 자원투자에 적극적으로 나서기 시작했다.

"언론에 조명을 받은 이후 별다른 움직임은 보이지 않고 있습니다. 새롭게 미국의 시추전문업체와 계약을 했다는 소식만 흘러나왔습니다."

현재 대산에너지는 룩오일NY와도 시추업무를 체결했지만, 언론에 원유 발견 발표 이후 룩오일NY에 협조를 구하지 않았다.

원유가 발견된 지역에도 대산에너지 관계자 외에는 출입을 통제했다. 언론에 대대적으로 홍보한 이후의 행보가 왠지 일반적이지 않았다.

"음, 본격적인 시추가 진행되면 알겠지요. 특별한 상황이 전해지면 알려주십시오."

"예, 알겠습니다."

김동진 실장이 나가자 나는 대산에너지가 자리를 잡고 있는 빌딩을 바라보았다.

에너지 산업은 리스크가 큰 사업이었다.

나 또한 룩오일이 원유와 가스를 발견하지 않았다면 지금의 룩오일NY는 탄생하지 않을 수도 있었다.

"뭔가를 숨기고 있는 것 같은데."

룩오일NY의 도움이 있어야만 러시아에서 원유를 채굴하고 운반하기가 수월할 수 있었다.

러시아는 자국 내 에너지 기업에 대해서는 간편한 절차를 통해 원유생산과 수송을 할 수 있게 했다. 하지만 외국 기업에 대해서는 상당히 까다로운 조건을 요구했다.

룩오일NY를 통하지 않는다면 원유를 생산한 후 외부로

수송하기가 쉽지 않을 것이다.

러시아에서는 전략자원을 판매하기 위해선 그에 대한 허가가 중앙정부와 지방정부 둘 다 필요했다.

지방정부나 자치공화국의 허가를 받았다고 해도 중앙정부의 허가까지 받지 못하면 채굴된 원유나 가스는 절대 러시아영토를 벗어날 수 없다.

대산에너지에서 본격적으로 원유 시추를 하게 된다면 룩오일NY의 도움 없이는 러시아에서 한국으로 석유를 가져가지 못한다.

*   *   *

대산에너지를 움직이는 인물들이 한자리에 모였다.

다들 표정들이 좋지 않았다.

한 달 전 원유가 발견되어 언론에 발표했던 때와는 사뭇 다른 분위기였다.

"후! 경제성이 없다는 거야?"

한숨을 내쉬며 말하는 김장우 대표는 보고서의 내용을 다시 한번 살피며 물었다.

"그게 암반지대가 있어서 시추 비용이 두 배로 오른다고 합니다. 지금의 유가로는 경제성이 없다고……."

실무를 담당하는 정희철 차장이 이중호 부장의 눈치를 살피며 말했다.

"지금 상황에서는 시추공을 더 뚫어서 새로운 원유를 찾는 것이 답입니다."

정희철의 말을 듣고 있던 이중호가 나섰다.

"시추공 하나당 75억이야. 벌써 추가로 10개를 뚫었잖아. 유가가 얼마나 되어야 경제성이 있는 거야?"

"배럴당 50달러가 되어야만 손해가 나지 않습니다. 거기다가 시설투자비용과 물류비용이 포함되기 때문에 60달러는 되어야 이익이 나옵니다."

현재 유가는 배럴당 20달러 선이었다.

2008년과 2013년에는 국제유가 배럴당 100달러가 된 적도 있었지만 그건 먼 미래의 일이었다.

"지금 유가의 2배가 넘잖아."

"원유가 나왔다는 게 중요합니다. 북해유전은 32개 시추공을 뚫은 끝에 개발에 성공했습니다. 더구나 캐나다에서 발견된 육상유전은 무려 120여 개의 시추공을 뚫었습니다. 이럴 때일수록 적극적인 투자가 필요합니다."

"후! 이 부장이 뭘 말하는지 알아. 하지만 우린 결과를 내어놓아야 해. 내년 후반까지는 원유생산이 가능하다고 회장님에게 보고했잖아. 경제성 평가에 대한 것은 충분히 검토했었어야지. 서너 개의 시추공을 더 뚫는다고 해서 새로운 유전을 지금 당장 발견할 수 있겠어? 지금 이 사태를 누가 책임질 거야?"

김장우 대표는 보고서를 테이블에 내던지며 말했다. 그의 말에 회의에 참석한 인물들 모두가 꿀 먹은 벙어리들이 되었다.

잠시 뒤 이중호가 다시 입을 열었다.

"그렇다고 지금 이대로 물러선다면 모든 게 무너지는 것입니다. 저희가 발견한 유전이 땅 밑에 존재한다는 것은 명백한 사실입니다. 그 지역은 다른 유전이 존재할 가능성이 아주 큽니다. 탐사 결과도 그걸 말해주고 있습니다. 내년 말까지는 시간이 있으니까, 시추공을 더 뚫어야 합니다."

"잠깐, 이 부장만 빼고 다들 나가 있어."

김장우 대표의 말에 회의에 참석한 인물 모두가 회의실 밖으로 나갔다.

"다 까놓고 이야기하자. 정 차장의 말처럼 경제성이 없는 유전이야. 지금까지 들어간 자금만 2,000억이 넘어. 아무리 에너지사업이 물먹는 하마라지만 단기간에 너무 많은 돈을 쓴 거야. 이 부장 말처럼 시추공을 열 개만 뚫어도 750억이야. 20개면 1,500억이지. 20개를 뚫는다 해도 새로운 유전을 찾을 수 있는 있는 확률은 20%도 안 되잖아."

"20%의 확률이 천문학적인 돈을 벌어들이는 것입니다. 1,500억이 백 배로 늘어나는 거지요. 아니, 더 많은 이익으로 돌아옵니다. 여기서 물러나면 우리 둘 다 더는 대산그룹에 머물 수 없습니다. 저야 유학이라도 떠나면 되지만 김 대표님은 어떡하실 것입니까? 실패의 화살이 저에게만 쏠릴까요?"

이중호의 말은 틀리지 않았다. 분명 희생양이 필요했고, 그걸 책임질 인물은 자신과 이중호뿐이었다.

더구나 이중호는 이대수 회장의 아들이다.

차후 대산그룹의 후계자이기 때문에 지금의 실패로 인한 책임 추궁은 생각보다 크지 않을 수 있었다.

"후! 그럼 안 되는 걸 끌고 가자는 거야?"

이번 일로 인해서 김장우는 자신감을 잃었다.

대규모 유전을 발견했을 때만 해도 이런 사태로 이어지리라고는 전혀 생각지도 못했다.

"안 되는 것은 아닙니다. 말씀하신 대로 확률 싸움입니다. 채굴기술이 떨어져서 그렇지 앞으로 기술이 발전하면 충분히 우리가 발견한 유전도 경제적인 가치를 가질 수 있는 날이 옵니다. 하지만 지금은 20개의 시추공에 운명을 걸어야죠."

이중호의 말처럼 현재의 시추기술로는 경제성을 가질 수

없었다.

"예비비를 다 쏟아붓겠다는 말이야."

"방법이 없습니다. 내년 말까지 다른 유전을 발견해야만
합니다."

"발견하지 못하면?"

"발견할 것입니다. 반드시."

순간 김장우는 자신을 바라보며 말하는 이중호의 눈이
섬뜩하게 느껴졌다.

"좋아, 이번 보고서는 내 손에서 처리하겠어. 한데 말이
야, 일이 실패로 끝난다면 나도 한국에 있을 수 없을 것 같
은데. 실패의 책임을 내가 다 짊어질 수는 없잖아."

김장우는 이중호에게 대비책을 요구하고 있었다.

"무슨 말씀인지 알겠습니다. 최악의 상황에 쓸 수 있는
돈을 마련해 드리겠습니다."

이중호는 미국의 원유탐사업체를 통해서 적지 않은 돈을
리베이트로 받았다.

에너지사업은 상당한 검은돈들이 오고 가는 사업이었다.

Chapter 10

　예인이가 우려했던 일이 벌어지고 말았다.

　대학가요제가 끝난 첫 주에 블루문의 '그대라면'이 라디오 가요방송의 순위차트와 TV 방송 삼사의 가요프로그램에서 상위권에 올라섰다.

　성수대교가 무너지는 큰 사건이 터진 넷째 주에는 단 한 번도 방송에 출연하지 않았음에도 불구하고 블루문의 '그대라면'이 가요톱텐에서 2위를 차지하는 기염을 토했다.

　이미 라디오의 가요차트에서는 1등을 차지했다. 그 때문에 더욱 방송 출연을 요청하는 러브콜이 쇄도했다.

하지만 블루문의 핵심인 송예인은 한사코 방송 출연을 거부했다.

결국 블루문의 맴버들은 송예인을 배제한 채 연예기획사와 계약을 했고, 기획사에 소속된 신인가수를 블루문에 받아들였다.

블루문은 송예인이 아닌 신인가수를 내세워 방송 출연을 했고, 새로운 여자 보컬이 '그대라면'을 불렀다.

하지만 방송이 나간 후 시청자들과 방송관계자들에게 호된 비판을 받았다. 송예인의 목소리에서 나오는 특유의 감성과 허무한 느낌을 전혀 살리지 못했다는 게 그 이유였다.

새로운 여자 보컬은 단순히 노래를 잘하는 친구일 뿐이었다.

블루문과 갈라선 결과에 음반기획사들과 연예기획사는 오히려 환영하는 모습이었다.

그들에게 있어서 송예인만이 진정한 가치를 지닌 보석이었다.

예인이는 두 개의 커피잔을 들고 와서는 나에게 상담을 요청했다.

"삐삐번호도 바꿔야겠어."

예인이는 끝없이 울리는 삐삐 때문에 아예 삐삐를 꺼놓았다.

대부분이 방송국과 음반기획사들이었다.

"어쩌겠냐, 네가 부른 노래가 너무 좋은걸. 나도 시간 날 때마다 듣고 있어."

"후! 이젠 모자를 쓰지 않으면 돌아다니기도 힘들어."

"하하하! 정말 우리 예인이가 연예인 다 됐네."

심각하게 말하는 예인이의 말에 난 웃음이 나왔다.

"웃음이 나와. 나 정말 심각하다고. 학교로도 사람들이 찾아와서 강의를 듣기도 힘들어."

"시간이 지나면 조금은 달라질 거야. 앞으로 '그대라면' 은 네가 노래를 부르지도 않잖아."

"정말 그럴까?"

"그래, 시간이 해결해 줄 거야. 이제 얼마 안 있으면 방학 이니까 학교에 가지 않아도 되고."

"그러겠지. 활동도 하지 않고 있으니까."

"사실 우리나라 사람들이 빨리 달아오르는 것이 있잖아. 또 한편으로는 금방 시들해지는 것도 있고."

"오빠 이야기를 들으니까. 조금 위안이 되네."

예인이는 내 말에 고개를 끄떡이며 말했다.

만약 예인이가 노래를 계속한다면 세계적인 가수로 발돋움을 할 수 있게 만들어줄 수 있었다.

내 머릿속에는 앞으로 나올 가요와 팝송의 명곡들만 해

도 수백 곡이 넘게 들어 있었다.

하지만 예인이는 가수의 길을 원치 않았다.

*　　　*　　　*

이중호는 업무에서 오는 스트레스를 이겨내기가 쉽지 않았다. 스트레스를 풀기 위해 친구들을 만나 술을 마시는 것도 그때뿐이었다.

술을 깨고 나면 몰려드는 중압감을 감당하기 힘들었다.

"후! 경제성이 없다니…….."

탐사를 시도하면 열 건 중에 한 건을 성공하기 힘들다는 원유를 발견했다.

하지만 원유를 지상으로 끌어 올리는 비용이 판매가보다 높다는 것이다.

"젠장! 다 내 손에 들어왔었는데…….."

룩오일NY에 지급한 돈과 탐사비용을 포함하면 지금까지 들어간 돈만 3천억 원이 넘었다.

지금 대산에너지가 가지고 있는 자금은 1천7백억 정도였다.

이 금액을 다 사용하고도 새로운 유전을 찾지 못하면 대산에너지는 앞날은 불투명했다.

"후! 이럴 때 명준이 형이 있었다면……."

이중호는 대산에너지를 떠난 박명준이 그리웠다. 힘들고 어려울 때 의지가 되었던 사람이 박명준이었다.

박명준이 대산그룹을 떠난 이후 그에게 연락을 단 한 번도 하지 않았었다.

일부러 그의 색채를 지워내려고 더욱 일에 매진했었다.

이중호는 책상에 놓인 전화기를 몇 번이나 집었다가 내려놓았다.

하지만 결국 전화기의 번호를 눌렀다.

시간이 지나도 머릿속에서 더욱 또렷하게 각인된 박명준의 삐삐번호였다.

삐삐를 치고 나자 5분 후에 전화벨이 울렸다.

이중호는 서너 번 전화벨이 더 울린 후에 수화기를 들었다.

"여보세요?"

─호출하신 분 좀 부탁합니다?

"접니다, 형님."

─어, 중호구나. 잘 지냈어?

"예, 오늘 시간 되시면 술이나 한잔하고 싶어서 연락드렸습니다."

─어, 그래. 나도 이제 막 퇴근하려고 하던 참이었는데,

잘됐네. 어디서 볼까?

박명준은 흔쾌히 이중호의 제의를 받아들였다.

"다솜에서 보시죠. 저도 곧바로 나가겠습니다."

다솜은 강남에 위치한 고급 룸살롱이었다. 이중호와 박 명준이 자주 찾던 술집이기도 했다.

—그래, 거기서 보자.

전화를 끊고 난 이중호는 곧바로 사무실을 나섰다.

다솜은 재계 인사들이 자주 찾는 술집이었다. 일반적인 술집과 달리 다양한 전문요리사들에 의해 다양한 요리가 제공된다.

그 덕분에 식사까지 해결할 수 있는 장소였다.

호텔에서나 받을 수 있는 최상의 서비스와 고급 인테리어 시설로 인해서 일반인이 감당할 수 없는 곳이었다.

또한 이곳에 있는 아가씨들 대다수가 미모는 물론이고 대학을 졸업하거나 재학 중인 사람들이 적지 않았다.

손님과의 대화 수준을 맞추기 위한 일환이기도 했다.

"너무 오랜만에 오신 것 아니세요."

박명준을 환한 웃음으로 반갑게 맞이하는 다솜의 마담은 30대 중반이었지만 얼굴은 아직 20대처럼 보였다.

타고난 미모에다가 노력이 더해진 결과였다.

"그렇게 됐나?"

"그럼요. 혹시 무슨 일 있으신가 해서 몇 번 연락을 드렸는데, 연결이 되지 않더라고요."

자신의 연인인 양 박명준의 팔짱을 낀 마담의 이름은 이소미였다.

"이 마담이 걱정을 해주었는지도 몰랐었네."

"저 몰래 딴 살림 차리신 건 아니시죠."

"아니. 머리 좀 식히려고 한동안 여행을 다녔거든."

"정말요? 저도 좀 데려가시지. 박 대표님하고는 언제든지 떠날 준비가 되어 있는데."

은근히 자신의 풍만한 가슴 쪽으로 박명준의 팔을 당기며 말하는 이소미였다.

그녀는 신사적이고 자기관리가 철저한 박명준을 좋아했다. 다솜의 지분을 상당 부분 가지고 있는 이소미는 언제나 당당하고 밝았다. 그녀는 웬만한 중소기업의 사장보다도 돈을 잘 벌었다.

그 때문인지 돈을 밝히지 않는 그녀를 좋아하는 기업인들이 많았다.

"나 같은 남자하고 같이 가서 뭘 해. 멋진 젊은 남자하고 가야지."

박명준은 이혼남이었다.

오로지 성공만을 위해 일에 매달렸던 그를, 함께했던 여자는 받아들일 수 없었다.

현재 이혼한 전 부인과 슬하의 딸은 호주에서 생활하고 있었다.

"제 눈에 안경이라잖아요. 저는 박 대표님 같은 스타일이 끌리는데요."

"하하하! 거짓말이라도 듣기는 좋은데."

"아이! 정말이라니까요. 저리로 들어가세요. 이중호 부장님에게서 연락받았어요."

이소미가 안내한 것은 다른 손님들과 마주치지 않는 독립적인 룸이었다.

룸 안에는 이미 최고급 양주가 세팅되어 있었다.

"식사는 하셨어요?"

"회사에서 간단하게 요기는 했는데, 조금 출출하네."

"그럼 식사를 하실 수 있는 요리하고 술안주를 드릴게요."

"그래, 줘."

"애들은 이 부장님 오시면 부를게요."

이소미는 보조개가 들어가는 웃음을 보이며 룸을 나갔다.

10분 정도 지나자 기다리던 이중호가 도착했다.

"오랜만이야. 잘 지냈어?"

박명준은 이중호를 보자 손을 내밀어 악수를 청했다.

"예, 연락을 늦게 드려서 죄송합니다. 제가 많이 늦은 건 아닌지 모르겠습니다."

"아니야, 나도 온 지 얼마 되지 않았어. 요새 잘나간다고 들었어."

"잘나가긴요. 식사는 하셨습니까?

이중호는 옷걸이에 윗도리를 벗어서 올려놓으며 말했다.

"그렇지 않아도 오자마자 요기될 만한 것 좀 시켰어. 이 부장은?"

"잘하셨네요, 저도 식사 전입니다. 어떻게 지내셨습니까?"

"세상을 보려고 많은 곳을 돌아다녔지. 제주도에도 3개월 정도 머물렀었어."

"이야! 그동안 못 하셨던 거 다 하셨네요. 정말, 부럽습니다. 저도 아무 생각 없이 여행이나 갔으면 좋겠습니다."

"요새 힘든 일 있어?"

박명준은 이중호가 앉자 빈 잔에 술을 따라주며 물었다.

"역시, 우리 형님은 속이지를 못한다니까. 한마디로 죽을 맛입니다."

박명준의 이런 스스럼없는 행동이 이중호는 좋았다.

어색한 사이가 될 수 있는 지금의 상황에서도 박명준은 이전과 동일하게 이중호를 대했다.

그런 박명준의 행동이 이중호의 긴장감을 풀어놓게 했다.

"대규모 유전까지 발견했는데 뭐가 문제야? 유전 발견은 정말 축하한다."

박명준은 자신을 대산에너지에서 떠나게 한 장본인인 이중호의 성공을 진심으로 축하해 주었다.

"고맙습니다. 형님이 기반을 다 닦아놓으신 덕분이지요."

"하하하! 난 한 것 없어. 이 부장이 추진력 있게 움직인 덕분이야. 계약을 체결한 것도 그렇고 유전을 발견한 것도 이 부장님의 힘이 가장 컸어."

"그렇게 생각해 주시니 감사합니다. 크! 오늘따라 술이 쓰네요."

이중호는 박명준이 따라준 술을 단숨에 비우며 말했다.

"술이 쓰다고 하니, 오늘 술 좀 마시겠네."

"예, 형님하고 오랜만에 회포를 풀어야 하니까요."

이중호의 말이 끝나자마자 주문했던 요리들이 룸 안으로 들어왔다.

중화요리와 스페인식 소고기 요리였다.

"맛있게 드세요. 더 필요하시면 이야기하시고요."

함께 들어온 이소미가 인사를 하며 말했다.

"고마워. 형님하고 이야기를 좀 한 후에 연락 줄게요."

이중호는 이소미가 들어온 이유를 알았다. 보통은 술을 마실 때부터 여자를 불렀었다.

"예, 좋은 시간 보내세요."

이소미는 밝게 웃으며 룸을 나갔다.

"무슨 문제라도 생긴 거야?"

박명준은 이중호에게 갑자기 연락이 온 이유를 알고 싶었다.

이중호의 성격상 어떤 문제가 없다면 자신을 찾지 않는다는 것을 박명준은 잘 알고 있었다.

"우선 한잔하시죠."

이중호는 반쯤 비어 있는 박명준의 술잔에 위스키를 따랐다.

"그래."

두 사람은 잔을 부딪친 후 단숨에 잔을 비웠다. 그렇게 가져온 요리와 함께 술을 서너 잔 마신 후에 이중호가 입을 열었다.

"후! 일이 쉽지 않네요. 잘하려고 하는데 하늘도 도와주지 않고 있습니다."

"그게 무슨 말이야?"

"원유를 끌어 올리는 비용이 다른 유전보다 2배나 더 들어갑니다. 유전을 발견했는데 한마디로 경제성이 없는 거죠."

이중호가 말하는 것이 무엇을 말하는지 박명준을 금방 알아챘다.

대산에너지에서 있을 때 박명준은 유전개발 성공사례보다는 실패사례들에 대한 자료를 더 찾아서 보았었다.

그중 경제성이 떨어져서 개발을 포기한 대표적인 사례가 리비아 유전이었다.

혼합물들과 섞인 원유를 분류하는 비용이 추가로 들어가는 것 때문에 개발이 중단되었다. 배럴당 30달러가 넘어서는 채굴비용은 현 시세와 맞지 않았다.

하지만 이 유전도 원유가격의 상승과 채굴기술이 발전하면서 다시금 주목을 받았고, 다국적기업에 넘어갔다.

"현 유가의 2배를 말하는 거야?"

"예, 재수가 없게도 암반층 아래에 원유가 분산되어 존재하네요. 시추작업도 어렵고, 대규모 유전으로 보았던 것들은 지하수였습니다. 그 아래 작은 유전들이 분산된 상황입니다."

사실 러시아나 베네수엘라는 시추작업이 어려워 생산단

가가 높았고, 사우디아라비아를 비롯한 중동국가 대부분의 유전들은 시추가 쉬워 생산단가가 낮았다.

하지만 룩오일이 발견한 유전은 지하 수백 미터 아래에 존재해 시추작업이 쉬웠다.

"신문에 발표했던 거와는 다른 상황이 되어버린 거네."

"후! 회사의 홍보도 할 겸 발견한 유전보다 좀 더 부풀려서 자료를 언론사에 전달했습니다. 언론사에 대한 발표가 조금은 서두른 감도 있었지만 확실하다고 여겼으니까요. 탐사 결과에서도 유전이라고 나왔었습니다."

이중호의 말이 모든 걸 말해주었다.

대산에너지는 소규모의 유전들과 대규모 유전 지대를 발견했다고 발표했었다.

문제는 대규모 유전으로 파악했던 지역이 지하수로 최종 판별된 것이었다.

지하수 아래층에는 유전이 있을 수도 있다고는 하지만 압력의 차이로 인해서 원유를 끌어 올리기가 쉽지 않았고, 경제성이 떨어졌다.

또한 소규모 유전도 개발비용을 뽑아낼 정도밖에는 안되었다. 한마디로 돈이 되지 않는 유전이었다.

"회장님도 아시나?"

"아직은 모르십니다. 후! 말씀드릴 수가 없네요."

이중호는 자신을 향해 칭찬을 아끼지 않던 아버지에게 실망을 안겨주기가 죽도록 싫었다.

더구나 자신을 물어뜯을 준비가 되어 있는 인물들 앞에서 실패했다는 것을 공개적으로 말할 수도 없었다.

"대책은 마련했어?"

"내년까지 시추작업을 진행할 예비비가 있습니다. 그 돈으로 새로운 유전을 빨리 찾아야지요."

"음, 쉬운 문제가 아니군."

이중호의 말의 박명준은 신음성을 냈다. 신규 유전 발견은 장담할 수 없는 일이었다.

지금의 상황은 속도 조절을 못 한 채 과도하게 몰아붙이기식으로 일을 진행한 것이 문제였다.

박명준이 대산에너지 대표로 있을 때 이러한 점에 제동을 걸려고 했다. 하지만 이중호의 반발로 대산에너지를 떠날 수밖에 없었다.

'잘못하면 대산그룹이 크게 흔들릴 수 있겠어……'

박명준은 한때 몸담고 있던 대산그룹에 대한 애정이 깊었다.

"형님이 다시 와주시면 안 되겠습니까?"

술잔을 비운 이중호가 박명준을 보며 말했다. 이중호는 박명준과 함께 지금의 문제를 해결하고 싶었다.

"난 이미 떠난 사람이야. 내가 돌아갈 자리도 없고."

"제가 만들어 드리겠습니다. 아니, 형님이 돌아오시면 아버지께서 무척 기뻐하실 것입니다."

"후후! 제의는 고마워. 하지만 나도 하는 일이 있어서 말이야."

박명준의 말에 이중호의 미간이 좁혀졌다. 박명준이 일을 시작했다는 것은 금시초문이었다.

아니, 그에게 관심을 두지 않았었다.

"사업을 시작하신 것입니까?"

"제약 쪽이야. 이쪽 분야도 꽤 재미가 있더라고."

"그러셨군요."

이중호는 실망하는 눈치였다.

"닉스생명과학을 맡고 있어."

박명준의 말에 이중호의 눈이 커질 대로 커졌다. 닉스라는 단어가 낯설지 않았기 때문이었다.

박명준과 헤어지고 집으로 돌아온 이중호는 씁쓸했다.

많은 술을 마셨는데도 오히려 정신이 또렷했다.

'하고 많은 회사 중에 고작 선택한 것이 닉스생명과학이라니⋯⋯.'

닉스생명과학이 닉스홀딩스의 계열사라는 박명준의 말에 이중호는 순간 말을 할 수가 없었다.

"강태수 이놈은 도대체 어떤 놈이길래 박명준까지 끌어들일 수가 있는 거야."

처음 강태수를 보았을 때는 정말 어쩌다가 개천에서 나온다는 용을 비스무리하게 닮은 놈으로 생각했다.

머리는 있는 것 같아 졸업 후 자신의 수족으로 쓸 생각마저 했었다.

하지만 지금의 강태수는 진정한 용이 되어가고 있었다.

중견기업 정도로 치부했던 닉스홀딩스는 그 규모가 어느새 40대 그룹 안에 성큼 들어와 있었다.

주식시장에 상장한 계열사 회사가 없는 상황이라 정확한 매출이나 실제 이익이 알려지지 않았기 때문에 재계 순위가 더 오를 수도 있었다.

현재 재계 순위는 자산규모와 매출을 통해서 결정했다.

처음 용산전자상가에서 출발한 비전전자의 PC 사업과 닉스의 운동화에 이어 블루오션의 무선호출기 사업의 성공으로 이어지는 결과는 결코 운이 좋은 것만으로는 설명할 수 없었다.

도시락의 러시아 성공은 아직 국내에 잘 알려지지 않았고 홍보도 하지 않았다.

닉스홀딩스는 건설과 호텔, 화학, 제약, 철강사업까지 거침없는 질주를 하고 있었다.

"정말 놈이 용이었단 말인가?"

이중호는 잠이 오지 않았다. 강태수는 알면 알수록 미스터리한 인물이었다.

쉽게 사람을 인정하지 않는 자신의 아버지인 이대수와 오늘 만난 박명준까지 강태수의 능력을 누구보다 인정하고 있었다.

이중호는 대산그룹 비서실에서 조사했던 강태수와 닉스홀딩스에 대한 보고서를 날이 밝도록 읽었다.

강태수와 자신이 다른 점이 무엇인지를 알기 위해…….

*　　　*　　　*

나의 예상은 여지없이 빗나갔다.

예인이에게 시간이 지나면 사람들에게 잊힐 것이라고 말했던 '그대라면'은 오히려 시간이 갈수록 더 인기를 끌었다.

가을이라는 계절적 요인도 락발라드인 '그대라면'을 가요 순위차트에서 내려오지 못하게 했다.

블루문은 몇 번 더 기획사의 힘을 통해서 TV 방송에 출연했지만, 이슈를 만들어내지 못했다.

오히려 신비주의가 컨셉이 되어버린 송예인이 더욱더 인

기가 상승했다.

결국, 10월 마지막 주 가요톱텐에서 1위를 차지한 '그대라면'은 1등 트로피를 과연 누구에게 주느냐로 갑론을박을 벌였다.

블루문에서 공식적으로 탈퇴한 송예인인가 아니면 블루문에게 주느냐로 말이다.

대다수 팬들은 노래를 부른 송예인이에게 트로피를 주는 것이 맞는다는 여론이었다.

블루문이 아닌 송예인이라는 보컬이 좋아 투표한 것이라는 논리다.

이러한 논쟁은 오히려 송예인에게 관심을 더욱 갖게 만드는 결과로 이어졌다.

더구나 한때 닉스의 광고모델로 활동했던 사진과 송예인이 동일인물이 아니냐는 이야기까지 흘러나오고 있었다.

사람들의 관심이 많아질수록 연예기획사와 음반제작사는 더욱 송예인을 잡기 위해서 동분서주했다.

"아직까지 만나보지도 못했다는 게 말이 돼."

위너뮤직의 대표인 박지우는 기획실장인 조상국을 질책했다.

"죄송합니다. 학교와 집을 찾아갔었는데 만나지 못했습니다. 더구나 사는 집 주소로 가보니까 현재 공사 중이었습니다. 주변 공인중개사무소들을 돌면서 알아보았는데, 다들 이사한 곳을 알지 못했습니다. 아직 송예인과 계약을 한 회사는 없는 거로 알고 있습니다."

서울대학교 법학과 건물에 갑작스럽게 사람들이 몰리자, 학교측은 학생들의 수업에 방해된다며 일반인에 대한 법학과 건물의 출입을 통제했다.

"그건 아무도 모르는 거야. 물밑으로 계약이 이루어질 수도 있잖아. 송예인은 대형가수로 성장할 수 있는 재목이야. 쓸데없는 핑계 대지 말고 이번 달 안으로 결과물을 만들어 와."

"예, 알겠습니다."

조상국은 박지우 대표에게 고개를 숙여 인사를 한 후 대표실을 나왔다.

"후! 너무 쉽게 생각했어."

송예인은 통상적인 친구가 아니었다. 너도나도 연예인이 되고 싶어 하는 요즘 세대와는 전혀 달랐다.

조상국은 다른 연예기획사보다 더 좋은 조건을 제시하면 충분히 송예인과 계약을 진행할 수 있다고 생각했다.

하지만 송예인과 함께했던 블루문의 멤버들을 만나본 후에야 송예인이 연예계 쪽에 관심이 없다는 것을 알게 된 것이다.

"그나저나 만나기라도 해야 방법을 찾지."

조상국은 답답했다.

주변의 인맥을 동원해서 송예인과 만나기를 원했지만, 그녀와 관련된 정보를 얻기가 쉽지 않았다.

잘 아는 흥신소에 연락을 취해서 송예인이 이사한 곳을 알아내려고 했지만, 어찌 된 영문인지 흥신소는 갑작스럽게 자신의 의뢰를 일방적으로 취소했다.

그러고는 조상국의 연락에도 응하지 않고 있었다.

*　　　*　　　*

닉스홀딩스의 계열사 중 비전전자와 닉스부터 새로운 근무형태와 정책을 내년부터 실험적으로 적용하기로 했다.

과장이나 차장, 그리고 부장으로 승진하거나, 4년간 장기 근속을 하는 시점에서 1개월간의 유급휴가를 주는 정책이었다.

유급휴가이기 때문에 월급은 정상 근무 때와 동일하게 전액 지급한다.

이를 통해서 새로운 동기유발과 자신을 다시 한번 돌아볼 기회를 주기 위해서였다.

한편으로 새롭게 맡게 되는 직책에 대한 앞으로 계획과

비전을 세울 수 있는 기회를 만들어주는 것도 있었다.

국내에 있는 어느 기업들도 시행하지 않는 파격적인 형태의 근무제도였다.

또한 토요일 오전 근무에서 격주 휴무제로 근무시간을 변경했다.

두 회사를 시작으로 계열사 전체로 진행할 예정이다.

현재 법정 근로시간은 주당 46시간에서 44시간으로 1990년 9월에 바뀌었지만, 대부분 기업의 평균 근로시간은 주당 48시간을 넘어서고 있었다.

더구나 일주일에 두세 번은 야근해야만 하는 근무형태였다.

두 회사는 부서별로 유연근무제를 도입하여 출퇴근 시간을 자율적으로 관리하기로 했다.

법정 근로시간인 44시간 근무하면 되는 형태였고, 불필요한 야근을 줄여 정시에 퇴근할 수 있게 한 것이다.

대신 근무시간 안에 모든 업무를 마무리할 수 있게 집중 업무시간을 두었다.

이는 근무시간에 집중하지 않고 늦게까지 남아 일하는 비효율성을 바꾸기 위한 정책이기도 했다.

근무시간에 업무 효율성을 높이지 못한 채, 늦게까지 남아 일하는 것이 마치 일을 잘하는 것처럼 보이는 인물들에게는 인사와 급여에 대한 페널티를 적용하기로 했다.

이제는 괜히 회사에 남아 있는 것은 일을 못하는 것으로 여겨질 수 있었다.

능력과 인성이 검증된 인물들은 파격적인 승진혜택을 받을 수 있게 인사제도도 정비했다.

단순히 시간이 지나면 승진을 하는 것이 아니었다. 각 부서장은 부서원들을 핵심리더로 키울 책임이 있었고, 부서원들의 평가가 부서장의 인사점수에 반영된다.

한편으로 순환근무제를 통해서 본인이 가장 잘할 수 있는 일을 원하는 부서에서 최적의 조건으로 일할 수 있게끔 했다.

적성에 맞지 않는 일을 한다는 것은 업무능률을 올릴 수가 없었다.

처음은 혼란스럽고 힘든 부분이 있겠지만 구태의연한 적당주의와 무사안일주의를 배척해야만 더욱 회사가 발전할 수 있었다.

잘 놀고, 잘 쉴 수 있는 인물이 일도 잘할 수 있었다.

"직원들의 반응이 굉장합니다. 다들 회사가 진행하는 일들에 대해서 무척 만족스러워했습니다. 몇몇 부서장들이 힘든 표정을 짓기는 했지만요."

김동철 비서실장의 보고였다.

닉스와 비전전자의 전체 직원들을 모아놓고서 발표했다. 닉스홀딩스의 기획실과 두 회사의 인사관리팀 관계자들이 일주일 동안 합숙하다시피 모여서 문제점들을 검토하고 수정하여 최종 발표한 것이다.

앞으로 두 회사에 적용된 업무시스템을 바탕으로 부족한 부분을 보완하여 다른 기업들에도 내년 5월에는 모두 적용할 예정이다.

"다행입니다. 공장의 직원들과 현장에서 일하는 직원들에게는 그에 걸맞은 혜택을 주는 방법을 연구하시길 바랍니다."

공장직원들과 판매장의 직원들은 탄력적인 근무시간을 적용하기가 어려웠다.

"우선 닉스공장은 점심시간을 1시간에서 30분 더 연장할 계획입니다. 판매점은 직원의 수를 더 늘려서 주 5일 근무를 할 수 있게 바꿀 예정입니다."

주당 44시간의 근무조건을 맞춰주려는 방안이었다. 판매점은 특성상 평일 밤 9시까지 근무를 했고, 주말에도 일할 수밖에 없었다.

"빨리 시행하십시오. 충분한 휴식이 있어야 능률도 올라가는 것입니다. 직원들에게 더욱 많은 혜택과 편의를 제공할 방법도 계속해서 연구하시고요."

"예, 그렇게 하겠습니다. 제 사견이지만 우리 회사 직원들은 정말 좋은 직장을 선택한 것 같습니다. 다른 회사들은 전혀 생각지도 못하는 복지와 혜택을 회장님께서 직접 챙기고 계시니까요."

김동철 비서실장의 말처럼 직원들에게 하나라도 더 주려는 방안을 나 또한 시간 날 때마다 연구하고 생각했다.

닉스홀딩스는 시대의 흐름보다 더 빠르게 직원들의 복지와 지위 향상을 해나가고 있었다.

직원들의 급여 또한 동종업계에서 최고 수준을 유지하고 있었다.

이러한 모든 것이 개인의 삶의 질을 높이는 첫걸음이었다.

"우리가 직원을 위하면 직원도 회사를 위합니다. 서로가 상부상조하는 것이지 일방적인 것은 없습니다. 저는 대한민국에서 제일 일하고 싶은 회사가 아닌 세계에서 가장 일하기가 편안한 회사로 만드는 것이 꿈입니다. 그래야만 회사에서도 꿈을 꿀 수 있습니다."

"정말이지 이런 말씀을 드려서 어떨지는 모르겠습니다만 회장님은 인생을 몇 번 사신 분 같습니다. 그렇지 않고서는 이러한 생각들을 지금의 나이에 하신다는 것이 사실 믿어지지 않습니다."

김동철 비서실장뿐만 아니라 나와 함께하는 인물들 대다수가 느끼는 점이었다.

도저히 지금의 연령대에서는 생각할 수 없는 것들이었다.

인생에 대한 경험과 연륜이 없는 상황에서 오는 실수와 실패가 나에게서는 전혀 나오고 있지 않았다.

'후후! 의심이 드나 보군……'

"하하하! 훌륭한 분들의 경험들을 배워서 그렇습니다. 삶의 노하우가 담긴 양서들과 인생의 선배들이 남긴 훌륭한 유산은 곳곳에 많지 않습니까? 그걸 제 생각과 접목한 것뿐입니다."

"생각은 할 수 있겠지만, 회장님처럼 실천에 옮기시는 분은 그리 많지 않습니다. 제가 회장님 같은 분을 만난 것도 큰 복이라고 생각합니다. 앞으로도 최선을 다해 모시겠습니다."

김동철은 말을 마치고는 고개를 숙였다. 나에 대한 존경의 표시였다.

"감사합니다. 앞으로도 잘 도와주십시오."

나 또한 김동철에게 고개를 숙여 감사를 표했다. 함께하는 사람에게 존경을 받는 것은 너무나 멋진 일이었다.

나는 이 멋진 일을 더욱 확대해 나갈 것이다.

*　　　*　　　*

국내의 업무를 정리할 무렵 러시아에서 좋은 소식 하나가 전해졌다.

체첸공화국 내에 자원개발사업권이 룩오일NY에게 주어진다는 것이다.

조하르 두다예프와 그의 측근들의 갑작스러운 사망으로 인한 독립파의 세력이 일시적으로 힘을 잃었다.

하지만 200년 넘게 러시아의 지배를 받아온 체첸인들은 독립의 꿈을 접지 않고 있었다. 그러나 문제는 러시아 정부는 체첸인들과 생각이 다르다는 것이다.

러시아는 어떤 대가와 희생을 치르더라도 체첸 지역을 계속해서 지배하겠다는 의지가 확고했다.

이러한 차이는 실제 역사적으로도 전쟁과 테러라는 잔혹한 군사적인 행동이 동반되었고, 양측 다 쓰라린 상처와 큰 고통을 받았다.

룩오일NY는 나의 지시로 러시아 정부와 체첸 정부를 설득하기 시작했다.

전쟁과 테러를 피하려는 방법이었다.

두다예프의 사망 이후 혼란스러운 상황에서 나는 중도

온건파인 콜로레프를 물심양면으로 지원했다.

그 결과 콜로레프가 새로운 체첸공화국의 지도자로 전면에 나설 수 있었고, 체첸인들의 지지를 얻어냈다.

러시아가 밀고 있는 의회파도 콜로레프를 지지하는 견해를 밝혔다.

콜로레프를 견제하기 위해 두다예프의 후계자를 자처하며 나선 독립파의 하슬란 마스하도프는 지지 세력의 결집이 약했다.

두다예프의 죽음으로 독립파 내부에서의 다툼이 심해진 결과였다.

러시아는 콜로레프를 지지하는 성명을 발표했고, 체첸에 폭넓은 자치권 부여와 함께 포괄적 경제지원을 약속했다.

또한 체첸에서 나오는 석유에 대한 이익의 30%를 체첸에 되돌려 주겠다는 내용도 포함되었다.

체첸공화국은 카스피 해에서 나오는 엄청난 양의 석유와 천연가스를 총집결하여 러시아 전역으로 뻗어나간다.

이 때문에 체첸공화국 지하에는 구소련 때부터 구축한 어마어마한 규모의 석유 저장시설과 송유시설을 갖추고 있다.

지금도 유럽으로 연결되는 새로운 파이프라인이 건설 중이었다.

이것이 러시아가 체첸을 포기할 수 없는 이유기도 하다.

그리고 새롭게 체첸공화국의 지도자로 선출된 콜로레프는 제일 먼저 날 만나길 원했다.

Chapter 11

    연말에 자이르공화국으로 떠날 계획을 수정해야만 했다. 콜로레프는 내가 러시아와의 중재를 계속해서 맡아주기를 원하는 것 같았다.

    내가 지닌 러시아에 대한 영향력과 힘을 콜로레프는 잘 알고 있었다.

    더구나 러시아가 체첸에 할당하겠다는 원유에 대한 판매를 룩오일NY에게 일임하고 싶다는 의사도 전해왔다.

    ―체첸의 상황이 빠르게 변하고 있습니다. 독립에 대한 것보다 러시아로부터 실리를 먼저 챙기자는 온건파의 목소

리가 커지고 있습니다.

룩오일NY의 루슬란 비서실장은 체첸공화국의 상황을 보고 했다.

"콜로레프의 지지 세력은 어느 정도지?"

─독립파에서 소외되었던 세력이 합세하여 힘을 실어주고 있습니다. 두다예프와 함께 강경파 지도자 대다수가 사망한 관계로 독립파의 구심점이 크게 약화된 상황입니다. 새롭게 독립파의 리더로 부상한 하슬란 마스하도프는 인지도가 떨어지는 인물이라 아직은 큰 힘을 발휘하지 못하고 있습니다. 콜로레프가 어느 정도 지도력을 보여준다면 체첸은 우리가 원하는 방식으로 흘러갈 수 있을 것입니다.

"두다예프의 비밀자금은 찾아냈나?"

─예, 예상대로 외로운 늑대들이 입국하는 날에 두다예프의 계좌로 상당한 돈이 입금되었습니다.

"좋아, 그러면 그 사실을 콜로레프에게 알려주고 두다예프와 강경파가 돈을 받고 용병들과 결탁해서 체첸의 파이프라인을 장악하려고 했다는 식으로 전해. 두다예프는 독립이 아닌 돈이 목적이었다고 체첸 국민들에게 알리도록 말이야. 그의 죽음은 돈에 대한 욕심이 일으킨 결과라고 말하면 강경파의 입지는 더욱 줄어들게 될 거야."

결과적으로 두다예프와 그를 따르는 강경파는 그들이 끌

어들인 외로운 늑대들에 의해 죽임을 당했다.

물론 두다예프는 티토브 정이 죽였다. 하지만 체첸인들은 그렇게 생각하지 않을 것이다.

더구나 두다예프의 죽음은 러시아가 사주한 것도 아니었다. 그것이 독립파가 목소리를 내지 못하고 있는 이유였다.

―예, 그대로 시행하겠습니다.

"콜로레프가 완벽하게 정권을 장악할 수 있게 계속해서 자금을 지원해. 그의 경호에도 만전을 기하고."

현재 콜로레프의 경호를 코사크가 맡고 있었다. 그 또한 코사크의 경호에 만족스러워했다.

―예, 알겠습니다. 그럼 콜로레프에게 회장님의 방문을 언제쯤이라고 전할까요?

"일정은 12월로 말해둬. 정확한 날짜는 이번 달 내로 알려준다고 전해."

―예, 그렇게 전하겠습니다.

루슬란과의 전화를 끊고 나는 국내 일정을 체크했다.

체첸의 그로즈니로 들어가기 전에 모스크바에 들러 언론사 인수와 관련된 상황을 처리하기 위해 러시아 정부관계자들을 만나야만 했다.

현재 러시아에서는 룩오일NY의 독주를 우려하는 목소리가 하나둘 나오기 시작했다.

최대한 룩오일NY의 계열사들을 드러내지 않게 하려고 노력했지만 쉬운 일이 아니었다.

가즈프롬과 로스네프트 등의 러시아 석유회사들이 번번이 룩오일NY에 밀리자 노골적인 불만을 제기했다.

그들에게 협력하는 국회의원과 언론에 룩오일NY의 무차별적인 러시아 기업사냥은 러시아 경제에 전혀 도움이 되지 않는다는 여론을 형성하게 하려는 움직임까지 보였다.

사실 룩오일NY는 석유·천연가스, 보안, 금융, 건설, 에너지, 보석, 의료, 자동차, 비철금속 사업은 물론이고, 도시락을 앞세운 소매사업과 부란을 통한 물류유통까지 뻗어나가고 있었다.

러시아의 전반적인 모든 산업을 아우르는 것이었고, 막대한 경제적 영향력을 끼칠 수 있는 사업들을 전방위적으로 펼치고 있는 상황이었다.

여기에 언론사까지 손에 넣는다면 러시아는 룩오일NY 영향력 아래에서 움직일 수밖에 없었다.

*　　　　*　　　　*

소백산 자락에 뻗어 나온 이름 없는 산 아래에서 수련 중인 송 관장은 이른 새벽부터 차가운 개울물로 아침을 깨우고 있었다.

개마고원에서 죽을 고비를 넘긴 송 관장의 온몸은 상처 투성이였다.

"후! 시원하다. 인제 그만 살피고 나오지."

며칠 전부터 자신의 뒤를 따르는 인물이 있다는 것을 송 관장은 알고 있었다.

"크크큭! 알면서도 모른 척했었나?"

커다란 오동나무 뒤에서 날카로운 눈매를 지닌 인물이 모습을 드러냈다.

나이는 많아야 20대 후반 정도로 보였다.

"산중에서 만나는 인연인지 아니면 사람에게 해를 끼치는 쥐새끼인지를 알아야 했지."

"그래, 그런 난 인연이 아니라고 여긴 거군."

"인연이기에는 너무 살기가 짙어."

"오, 기운을 읽을 수 있나 보군. 일반인치고는 상당한 경지에 올랐어."

송 관장 앞에 나타난 인물은 다름 아닌 흑천의 척살단이었다.

백야의 인물들을 말살하기 위해서 이들은 계속해서 백두대간을 주기적으로 돌며 백야의 인물을 찾았다.

흑천의 시야에 송 관장이 들어온 것이다. 송 관장을 감시하던 인물은 송 관장이 백야의 인물이 아니라는 것을 알게 되었다.

한동안 관찰했던 송 관장의 손에는 백야의 표식이 없었다.

"칭찬이라면 감사하게 생각하네. 왜 날 쫓아다닌 거지?"

"우리에게 위험이 될 만한 놈인지 확인하기 위해서지."

"내가 위험한 인물로 보이나?"

"조금은 신경에 거슬리는군."

"위험한 인물이었다면 날 어떻게 하려고 했나?"

"낄낄낄! 굳이 내 입으로 말을 안 해도 알 것 같은데. 지금도 고민 중이야. 널 그냥 보내줄지 아니면 산짐승의 먹이로 줄지 말이야."

척살단의 인물은 여유로운 표정으로 송 관장을 위협하는 말을 뱉었다.

"처음 본 사람을 아무 이유도 없이 죽인다는 말인데. 이전에도 사람을 이런 식으로 죽였나 보지?"

"꽤나 궁금한 표정이군. 내 입에서 그에 대한 대답이 나오면 넌 살아서는 이곳을 벗어날 수 없어. 그래도 듣고 싶나?"

"살 수 없다라… 길고 짧은 것은 대봐야 하지 않겠나?"

"크하하하! 죽고 싶어 환장한 놈이군. 좋아, 말해주지. 오늘 널 포함하면 다섯 명이 되겠군."

송 관장의 말에 척살단의 인물은 어이없는 표정으로 크게 웃음을 토해냈다.

"일반인도 죽였나?"

"물론, 재수가 없는 연놈들이었지. 여자가 내가 좋아하는 타입이었거든. 여자만 놔두고 가라는데도 너처럼 말을 듣지 않아서 말이야. 난 일반인에게는 기회를 주지."

"웬만하면 나도 널 그냥 보내주려고 했는데, 안 되겠군. 널 놓아주면 무고한 사람들이 다칠 것 같아서 말이야."

"크크큭! 네 몸을 보아하니 어느 정도는 수련을 한 것 같다만, 사람을 잘못 골랐다. 뭐 어쩌겠어, 네게 주어진 수명이 여기까지인 것을"

척살단의 인물은 송 관장의 말과 행동이 무척이나 재미있다는 듯 특유의 웃음소리를 내며 천천히 송 관장을 향해 걸어왔다.

송 관장도 벗어놓은 셔츠를 놔둔 채 척살단의 인물에게로 걸어갔다.

서로가 3m 정도 되는 거리에서 멈춰 섰다.

"이름이 뭔가?"

"유광. 누구에게 죽는지는 알고 죽어야지."

"난 송 관장이라고 한다."

"낄낄! 어디서 관장 노릇을 했나 보군. 그래 송 관장, 내가 선공을 양보하지. 지금까지 배워온 걸 나에게 펼쳐봐."

유광은 뒷짐까지 지며 여유를 부렸다. 그의 눈에는 송 관장은 기껏해야 무술 유단자일 뿐이었다.

"후회할 텐데."

"크하하하! 요새 웃는 일이 없었는데, 널 만나 실컷 웃어보네. 보답으로 고통 없이 빨리 죽여주지."

"후후! 고맙군. 그럼 가볼까."

말을 마친 송 관장이 움직였다. 송 관장은 한 번의 움직임으로 3m 거리를 단숨에 좁혔다.

생각보다 빠른 송 관장의 움직임에 유광은 급히 뒤로 움직였다. 하지만 송 관장의 움직임은 거기서 그치지 않았다.

다시 한번 땅을 힘차게 박차고 날아올라 유광의 움직임을 따라잡았다.

그러고는 그대로 유광의 가슴으로 손을 뻗었다. 묵직한 기운이 실린 송 관장의 손이 순간 비틀어지며 손바닥이 위로 향했다.

유광은 놀란 토끼 눈이 되어 다급히 손을 들어 올렸다.

퍽!

우지끈!

통렬한 타격음과 함께 뼈가 부러지는 소리가 동시에 들

려왔다.

"아악!"

그리고 고통스러운 비명이 산중에 메아리쳤다.

손 관장의 공격을 고스란히 받은 유광의 왼팔이 부러져 나간 것이다.

"이런! 내가 공격이 과했군."

"넌, 도대체 누구야?"

축 늘어진 왼팔을 부여잡고 있는 유광은 송 관장을 매섭게 노려보며 물었지만, 지금의 상황이 도저히 믿어지지 않는 모습이었다.

"네가 죽이려고 마음먹었던 사람이지."

"크윽! 넌 백야의 인물이 아닌데, 어떻게 기운을 운용할 수 있지?"

부러진 팔에서 고통이 밀려오는지 유광의 얼굴이 일그러졌다.

"세상은 너희만의 것이 아니니까. 자연의 조화를 느낄 수 있다면 기운은 누구나 쓸 수 있는 법이지."

"우리를 알고 있나?"

순간 송 관장의 말에 유광의 눈빛이 달라졌다.

"흑천이라는 불순한 무리가 아닌가?"

송 관장은 이미 강태수에게서 흑천에 관한 이야기를 들

었다. 강태수가 흑천에 의해 죽을 고비를 넘긴 것도.

"그래, 그렇다면 넌 이제 죽은 목숨이다."

유광은 호주머니에서 모양이 특이한 작은 뿔피리를 꺼내어 길게 불었다.

"동료를 부르겠다. 그럼 나도 움직여야겠군."

송 관장은 다시 유광에게 몸을 날렸다.

"이번에는 쉽게 안 될 것이다."

왼팔을 부여잡고 있던 유광의 오른손에 확연히 기운이 넘치는 것이 느껴졌다.

일격필살!

단 한 번의 공격으로 모든 걸 끝내려는 듯이 유광은 심장이 있는 왼쪽 가슴을 향해 손을 뻗었다.

팡!

퍼퍼퍼퍽!

공기가 가득 찬 타이어가 터져 나가는 듯한 소리와 함께 물체를 때리는 타격음이 연달아 들려왔다.

그리고 유광이 송 관장의 앞에서 그대로 허물어졌다.

송 관장은 자신을 공격하는 유광의 오른손을 오히려 공격했다. 송 관장의 기운은 유광에 못지않았다.

유광의 손바닥과 송 관장의 주먹이 허공에서 충돌하자 유광의 공격은 상쇄되었고, 전광석화와 같이 유광의 목과 가슴에 송 관장의 주먹이 적중된 것이다.

부러진 왼팔로는 송 관장의 공격을 막을 수 없었다.

"자만이 불러온 결과다. 세상은 넓고 그만큼 강자도 많다는 것을 알아둬라."

송 관장은 개마고원에서 죽을 고비를 넘긴 이후 더욱 강해져 있었다.

또한 대호와의 대결과 늑대들과의 혈투 속에서 많은 깨달음을 얻었다.

생(生)과 사(死)는 찰나이고, 모든 싸움에 온 힘을 쏟아야 한다는 것을 또한 자연의 이치에서 배웠다.

"크흑! 넌 오늘 죽……."

유광은 자리를 벗어나는 송 관장에게 끝내 말을 다 하지 못하고 고개를 떨구었다.

5분 정도 지난 후에 두 명의 인물이 유광이 쓰러진 곳에 나타났다.

두 인물은 얼굴이 똑같은 쌍둥이이었다.

"음, 아직도 처리 못 한 백야의 인물이 남아 있었군."

"외가 무공을 쓰는 놈이야. 유광의 팔과 가슴뼈가 완전히 부서져 버렸어."

유광의 시체를 살피는 두 인물의 표정이 심각했다.

"추적할까?"

"음, 유광이 단숨에 제압된 것 같아. 우리끼리는 힘들 것 같은데."

"그럼?"

"인원을 더 불러들여야 해."

"이대로 쫓지 않으면 놈을 놓칠 텐데."

"좋아, 내가 형제들을 더 불러올 테니. 넌 놈의 뒤만 쫓아. 절대 나서지 말고."

"물론이지. 난 유광을 이긴 적이 없거든."

말을 끝내자마자 한 인물은 송 관장이 사라진 쪽으로, 또 하나는 그 반대편으로 빠르게 사라졌다.

Chapter 12

　한국의 경제는 올해도 큰 폭의 성장세를 구가했다.

　일본의 엔고에 의한 조선업계의 활황으로 수주 점유비에서 세계 1위를 차지했다.

　하지만 기술 경쟁력에서는 일본에 비하여 크게 낙후되어 있었다. 가전 분야에서도 생산 물량의 증가로 인해 세계시장의 15%를 점유해 세계 2위를 기록했지만, 미국을 비롯한 선진국 시장에서는 오히려 점유비율이 하락했다.

　반도체는 세계 3위를 섬유, 자동차, 철강, 석유화학 등의 핵심 사업들도 규모 면에서는 세계 6위 안에 들었다.

그러나 한국 상품에 대한 인지도 부족으로 대부분 OEM(주문자생산방식)에 의한 수출에 의존하고 있는 실정이었다.

세계 경제의 호황도 기업들의 매출을 늘어나게 하는 데 일조했다.

한국은 그동안의 고도성장에 힘입어 현재 세계 15위의 경제 대국으로 성장했다.

하지만 국내 기업들은 기술 경쟁력을 높이기 위한 인적 자원과 기초기술연구에 대한 투자보다는 기업의 덩치를 늘리는 데 힘을 쏟는 모습이었다.

특히나 2세 경영으로 넘어가는 기업마다 전통적으로 해오던 사업에서 벗어나 새롭게 떠오르는 신규 사업에 대규모로 투자를 진행하면서 사세 확장에 열을 올렸다.

이러한 기업들의 투자 열기에 국내 경기도 덩달아 활황세였다.

기업들의 과열된 투자 열기에 은행과 투자사들은 저금리의 중단기 외채를 빌려와 돈놀이를 하고 있었다.

서서히 다가오는 위험을 누구도 예측하지 못한 채 말이다.

"닉스와 블루오션의 매출과 이익이 가장 독보적입니다. 새롭게 출시된 조던시리즈가 마이클 조던의 복귀 의사가 흘러나오는 시점부터 생산되는 족족 팔려 나가고 있습니다. 블루오션은 중국으로의 수출에 힘입어 매출이 크게 늘었습니다."

김동철 비서실장은 각 계열사가 제출한 하반기 기업보고서를 바탕으로 닉스홀딩스의 매출과 이익을 보고했다.

1993년 7월 23일, 그 누구보다도 든든한 후원자였던 아버지 제임스 조던의 갑작스러운 죽음으로 충격을 받은 마이클 조던은 1993년 10월에 공식적으로 은퇴를 선언했다.

그리고 조던은 올해 봄 농구가 아닌 야구로 복귀했다. 시카고 화이트삭스에 입단해 마이너리그에서 뛰기 시작한 것이다.

하지만 농구만큼 실력을 발휘하지 못했고, 언론들도 조던의 행보에 야유하는 기사를 앞다퉈 실었다.

그러자 조던은 야구를 떠나 NBA에 다시 복귀할지도 모른다는 정보를 언론에 흘리고 있었다.

4년간 1천5백만 달러의 돈을 지급하고 마이클 조던과 계약을 했던 닉스는 옵션 상황에 계약을 제대로 이행하지 않거나 닉스에 피해를 주는 상황이 발생하면 조던의 이름을 딴 '조던시리즈'를 계약 상황과 상관없이 발매하기로 했다.

마이클 조던은 문신이나 술이나 마약 같은 구설수에 오

를 만한 일을 철저히 회피하는 것으로 유명했지만, 4년의 계약 기간 동안 거액의 내기 골프와 갑작스러운 은퇴로 닉스에 손해를 끼쳤다.

이로 인해 닉스는 3백만 달러를 돌려받았고, 에어 조던시리즈를 영구히 발매할 수 있는 권리를 얻었다.

앞으로 시간이 지날수록 조던이 땅을 치고 후회할 만한 계약 상황이었다.

"블루오션상하이에서 생산량을 맞추지 못하는 것입니까?"

"예, 중국의 주요기관과 지방정부에서도 블루오션상하이의 전화기를 공식 납품 품목으로 지정하자 판매량이 3배로 급증했습니다. 현지에서 부족한 수량을 블루오션에서 공급하고 있습니다."

"음, 현지 공장의 증설을 생각해 봐야겠네요. 도시락은 어떻습니까?"

블루오션상하이의 현지 공장은 처음부터 생산시설을 추가로 증설할 수 있도록 지어졌다.

대도시에 이어 지방도시로 통신시설과 전전자교환기가 확대되자 전화기의 수요가 폭발적으로 늘어나고 있었다.

더구나 전전자교환기는 그동안 한국이 최대 역점을 둔 분야다. 거대한 중국시장에 지금까지 전전자교환기 진출자가 없었기 때문이다.

현재 한국과 중국은 농어촌형 교환기 진출사업과 대도시형 교환기 시범사업을 진행하고 있었다. 거기에 따른 차세대 교환기를 공동으로 개발하기로 올해 협정을 맺었다.

"생산시설은 모두 완공되었습니다. 현재 이천공장에서 파견된 기술팀이 시험생산을 위한 준비를 진행 중입니다. 시험생산 후 문제점이 없으면 내년 1월부터 본격적인 생산에 돌입할 예정입니다."

"이제야 이천공장도 과부하에서 벗어나겠네요. 동유럽과 중국시장에 대한 공략도 도시락과 기획실에서 연구를 해보세요. 러시아 시장만으로 만족할 수 없지 않습니까?"

"물론입니다. 이미 도시락 제품연구소와 함께 각 나라에 맞는 제품개발과 판매계획을 협의하고 있습니다. 그리고 도시락은 생산과 제품개발에만 신경 쓸 수 있도록 도시락 글로벌을 도시락에서 독립시킬 예정입니다."

도시락글로벌은 도시락 제품에 관련된 수출입업무를 맡고 있었다.

이제는 본격적인 세계시장 개척을 위해서 홍보와 판매를 도시락글로벌에서 체계적으로 진행하여 전문화를 꾀하려고 했다.

그러한 것이 도시락의 발전에도 더욱 도움이 되었다.

도시락 산하에 있는 소매유통업체인 도시락마트도 앞으로 1~2년 안에 분리할 예정이다.

"도시락은 이제 본격적인 성장세에 들어갈 것입니다. 러시아 현지 공장 준공으로 인한 인력 재배치와 함께 대표를 선임할 때도 된 것 같습니다."

도시락은 대표를 선임하지 않았고 닉스홀딩스에서 관리하도록 했다.

"예, 준비하도록 하겠습니다. 그리고 비서실과 기획실의 인원 충원에 대한 제안서입니다."

닉스홀딩스의 계열사가 늘어나면서 회장 비서실과 기획실의 업무가 늘어나고 있었다.

비서실장인 김동철이 한시적으로 기획실까지 주관하고 있었다. 아직은 전략기획실을 맡을 인물이 눈에 띄지 않았기 때문이다.

"특정 대학이나 지역에 편중되지 않게 인력을 뽑으십시오. 저는 창의적이고 개성이 강한 인물이 좋습니다."

나는 제안서를 살피며 말했다.

"예, 실력과 인성은 물론이고 말씀하신 대로 창의적인 인재들로 선별해서 뽑고 있습니다. 파벌이 형성되지 않도록 출신 대학을 기재하지 못하도록 했습니다."

"좋습니다. 이대로 진행하십시오."

난 제안서에 사인한 후 김동철 비서실장에게 건네주었다.

닉스홀딩스는 파벌주의를 철저히 배척했다.

계열사가 하나둘 늘어나고 인력이 많아지자 서서히 사업장별로 파벌이 생기려는 낌새가 보였다.

파벌이 생기면 사업 결정이 늦어지고, 전문성 없이 파벌에 연관된 이익에 따라 사업이 진행될 수 있었다.

기존 재벌들은 파벌주의로 인해서 경영권 다툼과 나눠먹기식 기업운영으로 인해 성장동력을 좀먹는 경우가 많았다.

자기에게 충성하고 맹목적으로 따르는 인물만을 선호하게 되는 원인 제공이 파벌주의였다.

또한 이러한 파벌주의는 상명하복 문화가 기업 내에 광범위하게 퍼지도록 원인을 제공할 수 있었다.

관료주의 형태의 명령하달식의 기업 문화는 경영진이나 상사가 내린 결정에 의문을 제기하거나 비판을 제기할 수 없게 한다.

실현 불가능한 목표가 떨어져도 각종 편법이 동원돼 달성한 것처럼 보이는 식의 문화가 만연될 수 있다.

이것은 기업의 부실로 이어지게 하며 더 나아가 파산으로 가는 지름길이다.

닉스홀딩스에서는 직원들에 대한 부당한 대우나 과도한 업무지시 그리고 파벌로 인한 피해 조사를 준법감시팀에서 담당하고 있었다.

닉스홀딩스 계열사의 협력업체들도 상거래상 부당한 요청이나 금품상납 등의 불법적 요구를 받았을 경우 준법감시팀에 연락을 취할 수 있도록 조처했다.

닉스홀딩스 산하의 준법감시팀은 회장 직속이었고, 김동철 비서실장도 관여할 수 없었다. 모든 상황은 감시팀장이 회장인 나에게 직접 보고했다.

준법감시팀에 적발된 인물들은 직위와 상관없이 회사사규에 따라 상벌위원회에 넘겨진다.

해당 상황에 따라서 감봉과 좌천, 승진 누락 등의 인사 조처가 이루어지며 2차 적발은 무조건 파면되는 강력한 처벌조항을 두었다.

닉스홀딩스는 계속해서 성장해 나가야 할 의무가 있었다.

이 나라에 닥칠 위기를 극복하기 위해서는 닉스홀딩스는 더욱 앞서가는 기업이 되어야만 한다.

하지만 당장의 성장과 단기적 성과 창출을 위해 앞만 보고 달려 나가다 보면 다수의 의견 청취와 조직 내 다양한 검토 및 보안 절차를 무시하게 된다.

이러한 결과는 위기 상황에서 리스크 관리가 무너지고 외부 환경 변화에 적응하기 어려운 조직이 된다.

지금 많은 국내 기업들이 무리한 자금 동원을 통한 신규 사업과 인수합병을 시도하고 있었다.

IMF가 도래할 때 그 모든 것들은 모래성처럼 너무나 빠르게 무너져 버렸다.

하지만 닉스홀딩스와 룩오일NY는 그들과 달라야만 했다.

* * *

송 관장의 뒤를 쫓는 무성은 자꾸만 이상한 생각이 들었다.

"설마 놈이 나의 존재를 아는 건가?"

일부러 흔적을 남기는 듯한 행동이 보였기 때문이다.

송 관장의 행적을 놓칠 뻔할 때마다 눈에 띄는 흔적이 보였기 때문이다.

'이쯤에서 동료들을 기다려야 하나?'

의풍리로 빠지는 길목에서 무성은 망설여졌다. 더구나 놈은 유광을 해치운 놈이었다.

의풍리로 빠지는 길목은 갈림길이 많아 여기서 놈을 제

지하지 않으면 놓칠 수 있었다.

"20~30분만 시간을 끌면 될 것 같은데."

무성은 결심한 듯 빠르게 송 관장이 향한 곳이라 여겨지는 길로 내달렸다.

무성의 시체를 살피는 척살단 단주 풍운의 얼굴에는 표정의 변화가 전혀 없었다.

하지만 그 뒤에서 동생의 시체를 보는 무청의 두 눈은 붉게 변해 있었다.

"재미있군. 단숨에 뼈를 손상시켰어. 호랑이나 표범이 동물을 사냥할 때 쓰는 수법과 비슷해. 백야에도 이런 놈이 있었나?"

유광이 당한 수법은 흑천의 인물들에서나 볼 수 있는 파괴적이고 강력한 공격수법이었다.

"그럼 혹시, 백야가 아니라 저희 쪽에서 이탈한 놈이 아닐까요?"

"음, 그럴 수도 있고, 아닐 수도 있어. 이놈은 아주 정직하게 공격을 했어. 너무 파괴적이라 무성이 감당할 수 없었던 거지. 아주 묘한 놈이 나타났어."

흑천의 수법은 생명을 단숨에 빼앗을 수 있는 치명적인 급소들을 집중적으로 공격하는 것이다.

하지만 유광과 무성을 죽음에 이르게 한 것은 강력한 힘에 의한 가슴뼈의 함몰이었다.

마치 트럭에 받힌 사람처럼 말이다.

"2인 1조로 움직여라. 혼자서는 놈을 잡지 못한다. 무청과 자운은 무성의 시체를 수습해라. 무성의 복수는 네 손으로 처리하게 해줄 테니."

풍운의 말에 십여 명의 인영이 빠르게 사라졌다.

"예, 알겠습니다."

무청의 대답을 들은 풍운은 순식간에 두 사람의 시야에서 사라졌다.

*   *   *

수련을 위해서 집을 비웠던 송 관장이 3개월 만에 집으로 돌아왔다.

집에 도착한 송 관장은 조금은 피곤한 기색이었다.

송 관장은 원래 올겨울을 지나 내년 봄에 계획을 잡고 있었다.

"계획보다 일찍 오셨네요."

"상황이 그렇게 됐어. 씻고 내려올 테니까, 나랑 이야기 좀 하자고."

"예, 어서 씻고 오세요. 맛있는 술상을 준비하겠습니다."

가인이와 예인이는 이미 부엌에서 음식을 준비하고 있었다.

15분 정도 후에 송 관장은 편안한 옷차림으로 식당으로 왔다.

"맛있게 드십시오. 연락받고서 가인이와 예인이가 장을 많이 봐왔습니다."

"그래, 오래간만에 따뜻한 집밥을 먹어보겠네. 자, 같이 먹자."

"원하시는 결과는 얻으셨어요?"

가인이가 따뜻한 뭇국을 내려놓으며 말했다.

"글쎄… 조금은 다가간 것 같은데. 마지막 벽을 넘어서지 못하는 느낌이야."

"자, 한잔 드시죠?"

나는 돈의 여유가 생기자 부모님과 송 관장이 좋아하는 천종산삼을 사들였고, 그중 일부를 술로 담가두었다.

그 산삼주를 송 관장에게 따라주며 말했다.

"태수도 한 잔 받아라. 사업은 잘되고 있지?"

"예, 문제없이 진행되고 있습니다."

"크! 좋은데. 제대로 향이 올라왔어. 한 잔 더 줘라."

송 관장은 잔을 단숨에 비웠다.

다시금 송 관장에게 술을 따라줄 때 그의 입에서 놀라운 말이 나왔다.

"흑천의 인물과 소백산 줄기에서 마주쳤다."

식사를 끝내자마자 나와 송 관장은 자리를 옮겨 이야기를 나누었다.

"추적을 용케 피하셨네요."

"개마고원에서 늘 늑대들에게 쫓기다 보니 피하는 데는 이제 도가 텄어. 늑대들의 추격은 끈질기고 집요해서 인간보다 무섭거든."

"두 명을 처리하셨다면 놈들이 가만있지 않겠는데요."

"당분간은 산행을 삼가야지. 한데 날 쫓던 인물 중에 대단한 놈이 있더군. 먼발치에서 보았는데도 보통 인물이 아니라는 것이 확연히 느껴지더라고."

송 관장이 본 인물은 척살단을 이끄는 풍운이었다.

"흑천에 속한 인물들이 얼마나 되는지는 아직 정확히 알지 못합니다. 하지만 그들은 삼국시대부터 이어져 온 백야의 숨통을 거의 끊어버렸습니다. 흑천의 인물 중에는 우리가 상상하지 못할 괴물이 있을 수 있습니다."

"하긴 신의주에서 이미 임범이란 괴물을 상대해 봤잖아."

임범은 나와 송 관장을 비롯한 김만철과 티토브 정을 상대했던 인물이었다. 현재는 김평일의 호위 무관이 되어 그림자처럼 김평일을 보호하고 있었다.

그 또한 북한에 남아 있던 흑천의 한 지파였다.

송 관장은 임범과의 대결 이후 자신의 한계를 넘기 위해 계속 수련 중이었다.

"제가 볼 때 흑천에는 적어도 임범과 같은 인물이 서너 명은 있을 것입니다."

"음! 그게 사실이라면 정말 무서운 일이야."

짧은 신음성을 내는 송 관장은 임범의 무서움을 경험했다. 흑천에 정말 그러한 인물들이 서너 명이 존재한다면 지금 자신이 가지고 있는 실력으로는 달걀로 바위 치기인 것이다.

"더 무서운 것은 이들이 이 나라 정치와 경제에 깊숙이 관여하고 있다는 점입니다. 그리고 현재 어느 정도나 세력화되었는지 파악된 것이 거의 없다는 것도 문제입니다."

단순한 무력집단이라면 상대하기가 편할 수 있었다. 무협지에 나오는 것처럼 바위를 깨고 가파른 절벽에 오른다 해도 총알을 눈앞에서 피할 수는 없었다.

하지만 흑천은 대한민국의 흑역사인 친일파와 독재 군부 세력 그리고 재벌들과 자연스러운 연결 고리를 찾았다.

더구나 현 정부의 정부기관마다 흑천에 뿌리를 둔 인물

들이 얼마나 되는지도 모르는 일이다.

"조사는 진행하고 있는 거지?"

"예, 먼저 그들의 하수인 역할을 할 수 있는 폭력조직들을 조사하고 있습니다. 부산과 목포 그리고 대구에 뿌리를 둔 조직들이 관련된 것 같습니다."

"그들을 어떻게 할 건가?"

"혹천과의 관계를 끊게 만들어야지요. 그 계획은 차근차근 진행 중입니다."

가람협회의 조상태를 통해서 폭력조직들을 담당하게 할 생각이었다.

조상태에게 관련된 정보를 주고 그의 휘하의 조직원들을 통해서 전국조직을 재편할 계획이다.

강남파와 신세계파가 하나로 된 가람협회의 세력은 강북에 있는 조직들을 압도하고 있었다. 그리고 물밑으로 강북의 조직들을 편입하기 위한 작업을 진행 중이다.

조상태의 가람협회는 과거의 두 조직이 진행했던 불법적인 사업들을 합법적인 사업들로 바꾸기 위한 일들도 함께 진행했다.

"그래, 혹천의 손발이 되어주는 조직들을 정리해야 그들과의 싸움이 수월할 거야. 직접 그들과 마주쳐 보니 태수네가 말해주었던 것보다 더 악한 존재들이었다. 내가 살수를 쓸 수밖에 없을 정도로 말이다."

송 관장이 이렇게 말할 정도로 그들은 이 땅에 해악을 퍼뜨리는 존재였다.

히틀러가 게르만족의 우월성을 내세워 타민족과 유대인을 학살하며 독일제국을 일으키려고 한 것처럼 흑천은 이 땅에 확고한 계급주의와 차별적인 사회를 만들길 원했다.

그들이 주장하는 사회는 선택된 주인과 노예로 구분되는 삶이다.

"흑천만 아니었다면 친일파와 군부독재 세력을 청산할 수 있었을 것입니다. 그랬다면 지금보다 많은 사람들이 행복할 수 있었을 것이고요. 어려운 싸움이 되겠지만, 우리가 바뀌야 합니다."

"그래야지. 난 어떤 어려움이 있다고 해도 그들과의 싸움을 피하지 않을 거다. 그리고 태수 네가 무척 자랑스럽다. 이 싸움은 네가 없었다면 시작도 할 수 없는 싸움이 되었을 거야."

"아닙니다, 관장이 함께 해주셨기 때문에 가능한 싸움입니다. 이 싸움은 어쩌면 길고 지루한 싸움이 될 수도 있습니다."

흑천과의 싸움은 단순히 무력으로만 상대할 수 없는 싸움이었다. 정보와 자금, 그리고 권력을 동반하는 포괄적인 싸움이다.

그랬기 때문에 내가 가진 힘을 더욱더 길러야만 했다.

*   *   *

소빈뱅크 한국지점에 이은 일본지점에서의 수익률이 가파르게 상승하고 있었다.

러시아로 보내는 송금 수수료와 엔고의 영향에 따른 환차익 투자의 결과였다.

달러당 100엔이 넘어서는 엔고의 영향으로 국내의 전자와 철강업체 그리고 자동차업종이 큰 호황을 누렸고, 그 여파로 관련 주식들이 크게 상승했다.

소빈뱅크 한국지점은 이에 따른 주식투자로 인해서 평균 50%가 넘어서는 수익률을 올렸다.

한편으로 내년에 진행되는 한국의 금융시장과 자본시장 그리고 외환시장의 개방에 대비한 인력수급도 마무리 지었다.

한국의 금융과 자본시장의 개방은 선진국 진입의 관문격인 경제협력개발기구(OECD)에 가입하기 위한 일환이었다.

소빈뱅크는 또한 멕시코 페소화의 가치 하락과 멕시코에서의 주식거래로 7억 달러를 벌어들였다.

이미 사전에 페소화의 하락을 예측하였기 때문에 멕시코 주식시장과 페소화를 외환시장에 내다 팔았다.

이는 미국의 고금리 정책으로 인해 페소화의 가치 하락을 유발시켰기 때문이다.

집권당인 민주당은 11월 중간선거에서 고인플레에 대한 중산층의 대반란으로 공화당에 참패했다.

그러자 빌 클린턴 대통령은 종전의 저금리 정책을 포기하고 고금리 정책으로 급선회했다. 미연방준비은행은 11월 15일 재할인 금리를 0.75% 포인트 대폭 인상했다. 그리고 1995년 2월 1일 다시 한차례 0.5% 포인트 올렸다.

고금리가 되자 달러화는 당연히 초강세를 띠기 시작했고, 멕시코에 투자했던 투자자들은 페소화를 팔고 달러를 사기 시작했다.

멕시코 정부는 급락하는 외환보유고를 유지하기 위해서 12월 초 무리하게 페소화를 15% 평가절하했다.

여기에 페소화의 달러 환율 변동폭을 60일간 자유화하는 비상계획을 발표하자 페소화의 가치가 30% 더 떨어짐으로 경제 위기를 불러왔다.

멕시코 통화 당국은 변동 환율제를 통해서 미국의 고금리 정책으로 인해 본국으로 대거 환류하기 시작한 미국계 단기 투자자본을 붙잡아두기 위해서였다

페소화의 가치 급락으로 수입품이 대부분인 멕시코의 물가는 하루가 다르게 치솟고 있었다.

또한, 여기에 갑작스러운 페소화의 평가절하에 놀란 외국투자자들이 주식을 투매함으로써 10여 일 사이에 주가가 44%나 폭락했다.

주로 미국과 캐나다 등의 투자자들이 투자금 회수에 나서 지난해 2백46억 달러에 달하던 외화보유액이 65억 달러로 떨어졌다.

페소화의 가치하락은 수출보다 수입이 많아 무역 적자가 점차 늘어난 상황에서 정부의 재정 적자 폭이 커지는 데 따른 것이다.

또한 여당대통령후보와 여당사무총장마저 암살되는 등의 정치적 불안감이 투자 분위기를 저하하는 요인이기도 했다.

다른 한편으로는 올 1월 북미자유협정(NAFTA)에 타결에 따른 멕시코 현지 투자가 급속하게 이루어졌지만, 이는 시설투자로 이어지는 중장기 투자가 아닌 단기 투자자본들이 만들어낸 시장의 거품이기도 했다.

소빈뱅크 뉴욕지점은 지속해서 페소화와 멕시코기업들의 주식을 매입해 왔었고 최고 정점에서 모두 팔아치웠다.

소빈뱅크는 영국의 파운드화에 이은 멕시코의 페소화에

서도 막대한 이익을 얻어낸 것이다.

이러한 수익은 다시금 룩오일NY와 닉스홀딩스 계열사에 투자되었다.

소빈뱅크의 수익은 두 지주회사의 자금 흐름을 원활하게 만드는 요인이자 사업을 확장하는 데 큰 역할을 하고 있었다.

"일본의 엔고에 대비한 작전을 다시금 준비 중입니다."

소빈뱅크 서울지점 그레고리의 보고였다.

소빈뱅크 서울지점은 뉴욕과 도쿄지점과 연계하여 새로운 작전을 준비 중이었다.

"조지 소로스는 달러를 사들이고 있겠지?"

"예, 회장님이 말씀하신 대로입니다. 달러화가 강세로 갈 것을 예상해서 달러를 대거 사들였습니다. 지금까지는 소로스의 예측대로 흘러가고 있습니다."

소로스는 앞서 1994년 10월 3일자 주간 〈비즈니스 위크〉와의 인터뷰에서 '지금 달러화는 구매력 기준으로 볼 때 엔화에 비해 지나치게 평가절하돼 있다'고 말했다.

그는 1995년부터 달러화가 강세를 보일 것으로 전망했고, 실제로 퀀텀펀드에서 달러화를 사들이기 시작했다.

그의 예상대로 연준에서 11월 15일 재할인 금리를 0.75% 포인트 대폭 인상하자 달러는 빠르게 상승했다.

"우리도 소로스의 장단을 맞춰줘."

현재 소빈뱅크는 소로스와 반대로 달러를 팔고 엔화를 사들이고 있었다.

"예, 그렇게 하겠습니다."

"준비된 자금은 얼마나 되지?"

"30억 달러를 준비 중입니다."

30억 달러는 멕시코에서 벌어들인 7억 달러와 아프토뱅크의 합병으로 인해 발생한 여유 자금이었다.

영국의 파운드화에 이어 또 한 번의 환율 전쟁을 준비 중이다.

"10억 달러를 더 준비해. 이번 기회에 소로스 톡톡히 벗겨 먹자고."

"예, 알겠습니다."

"녹아웃 옵션은 어떻게 되었나?"

녹아웃 옵션은 조지 소로스가 개발한 파생상품이다.

상품명 그대로 어느 한쪽이든 버는 쪽은 왕창 벌고, 지는 쪽은 녹아웃될 정도로 깨지자는 도박에 가까운 파생상품이었다.

파생상품은 기초자산의 가치 변동에 따라 가격이 결정되는 금융상품이며, 채권·통화·주식·원자재·곡물 등의 기초자산을 바탕으로 가격이 미래에 크게 오르거나 떨어질 경우 손실을 볼 수 있는 위험을 사전에 피하기 위해 만들어졌다.

"일본지점을 통해서 3억 달러어치를 매입했습니다."

"뉴욕은?"

"뉴욕지점은 소로스와 같이 일본 수출업자와 금융기관에 7억 달러의 녹아웃 옵션을 팔았습니다. 하지만 이대로 달러가 강세를 유지하면 저희가 큰 손해를 입습니다."

소빈뱅크는 조지 소로스와 일본 양쪽에서 이득을 취하려는 작전이었다.

이미 나는 내년에 벌어질 일을 뻔히 알고 있었다.

조지 소로스는 무척이나 영리한 인물이었다.

그가 예기치 못한 만약의 사태에 대비하여 개발한 파생상품이 녹아웃 옵션이다.

옵션료를 일반 옵션상품보다 낮게 받는 대신, 엔고가 달러당 94엔 선까지 깰 정도로 급격히 진행되면 매입자의 권리가 소멸되면서 엄청난 환차익을 자신이 모두 챙기기로 한 것이다.

이는 헤지(위험 분산)를 하려는 방법으로 녹아웃 옵션을 판매한 것이다.

현재 국제 외환 시세는 몇 달째 달러당 95엔~100엔 사이를 왔다 갔다 하고 있었다.

대부분은 달러 강세로 기본적으로 엔화가 달러당 100엔 대 선으로 오를 것으로 예상했고, 만약 떨어지는 사태가 생기더라도 달러당 95엔 선 전후에서 멈추지 더 폭락하는 일은 없을 것으로 판단했다.

더구나 엔고가 아무리 급격히 진행돼도 달러당 94엔 선을 돌파하는 일은 없으리라고 확신했던 매입자(일본기업, 은행)들은 기꺼이 이 도박에 응했다.

이 녹아웃 옵션의 형태는 매수는 이익이 제한되고 손실이 무한대였다. 그 반대로 매도자는 이익이 무한대로 늘어날 수 있었고 손실이 제한적이었다.

엔화 대 달러의 환율이 94엔 이상이면 매수자(일본 기업, 은행)가 이익이 되지만, 행사가(103엔)를 넘어가면 아무 소용이 없는 상품이다. 대신 94엔 이하로 내려가면 매도자(소로스)가 이익이었다.

일본 기업들은 옵션 만기 때 달러당 엔화의 환율이 97엔이었다면 매입한 녹아웃 옵션을 소로스에게 가져간다. 만약 행사가 103엔이었다면 매도자는 시장가보다 5엔이 높은 1달러당 103엔으로 계산해서 바꿔주어야만 한다.

매입자는 1달러당 5엔의 이익을 볼 수 있다.

대신 94엔 이하로 떨어지면 103엔의 행사가는 소멸되고, 94엔 이하로 내려간 만큼의 차익을 매도자(소로스)에게 주어야만 한다. 그 차익은 계약 옵션에 따라 2~5배였다.

조지 소로스와 투자가들의 예상대로 국제 외환시장은 흘러가고 있었다.

"걱정하지 않아도 돼. 멕시코의 경제가 지금의 상태로는 버티지 못해. 그리고 내년 1월에 일본에 큰일이 벌어질 거야."

그레고리의 말처럼 외환 시장이 우리의 예측을 벗어난다면 소빈뱅크는 수십억 달러의 피해를 볼 수 있었다.

만약 그렇게 된다면 소빈뱅크의 파산은 물론이고 룩오일 NY마저 크게 흔들릴 수 있었다.

『변혁1990』27권에 계속…

초대형 24시 만화방

신간 100%, 샤워실, 흡연실, 수면실(침대석), 커플석, 세탁기 완비

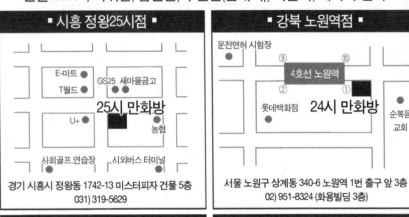

▪ 시흥 정왕25시점 ▪

경기 시흥시 정왕동 1742-13 미스터피자 건물 5층
031) 319-5629

▪ 강북 노원역점 ▪

서울 노원구 상계동 340-6 노원역 1번 출구 앞 3층
02) 951-8324 (화용빌딩 3층)

▪ 일산 정발산역점 ▪

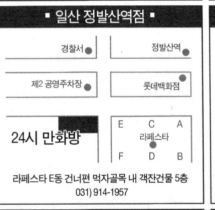

라페스타 E동 건너편 먹자골목 내 객잔건물 5층
031) 914-1957

▪ 일산 화정역점 ▪

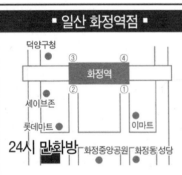

경기도 고양시 덕양구 화정동 984번지 서일빌딩 7층
031) 979-4874 (서일사우나 건물 7층)

▪ 부천 역곡역점 ▪

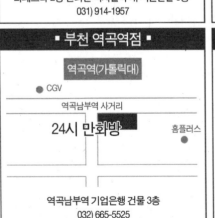

역곡남부역 기업은행 건물 3층
032) 665-5525

▪ 부평역점 ▪

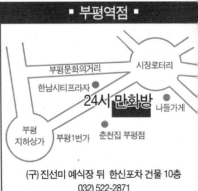

(구)진선미 예식장 뒤 한신포차 건물 10층
032) 522-2871

이계진입
리로디드

임경배 퓨전 판타지 소설
FUSION FANTASTIC STORY

『권왕전생』임경배의 2015년 신작!

『이계진입 리로디드』

왕의 심장이 불타 사라질 때,
현세의 운명을 초월한 존재가 이 땅에 강림하리라!

폭군으로부터 이세계를 구원한 지구인 소년 성시한.
부와 명예, 아름다운 연인…
해피엔딩으로 이야기는 끝인 줄 알았건만
그 대가는 지구로의 무참한 추방이었다.
그리고 10년 후……

"내가 돌아왔다! 이 개자식들아!"

한 번 세상을 구한 영웅의 이계 '재' 진입 이야기!

Book Publishing CHUNGEORAM

유행이 아닌 자유추구 –
WWW.chungeoram.com